湘江北去

长沙女作家『百里画廊·湘江美景』油画·文学作品集

长沙市作家协会 编

北方联合出版传媒（集团）股份有限公司

万卷出版有限责任公司

图书在版编目(CIP)数据

湘江北去 : 长沙女作家"百里画廊·湘江美景"油画·文学作品集 / 长沙市作家协会编. -- 沈阳 : 万卷出版有限责任公司,2023.8

ISBN 978-7-5470-6271-5

Ⅰ.①湘… Ⅱ.①长… Ⅲ.①中国文学–当代文学–作品综合集②油画–作品集–中国–现代 Ⅳ.①I217.1②J223.1

中国国家版本馆 CIP 数据核字(2023)第 096787 号

出版发行:北方联合出版传媒(集团)股份有限公司
　　　　　万卷出版有限责任公司
　　　　　(地址:沈阳市和平区十一纬路 29 号　邮编:110003)
印　刷　者:长沙市精宏印务有限公司
经　销　者:全国新华书店
幅面尺寸:170mm×240mm
字　　数:130 千字
印　　张:10
出版时间:2023 年 8 月第 1 版
印刷时间:2023 年 8 月第 1 次印刷
责任编辑:张冬梅
责任校对:刘　洋
策　　划:张立云
装帧设计:云上雅集
ISBN 978-7-5470-6271-5
定　　价:98.00 元
联系电话:024-23284090
传　　真:024-23284448

楚文化审美的当代传承

　　文化有大美，自信以持之。长沙的九位女作家近年来活跃在本地画坛，不仅仅用文字书写，还用手中的画笔，画出自己对家乡的热爱。这次，他们将关注的视点集中在了长沙母亲河——湘江的美丽景色之上。在长沙市文化旅游广电局、长沙市文学艺术界联合会的指导下，长沙市作家协会组织他们，以湘江为母题，以油画为载体，举办"百里画廊·湘江美景"油画展并编辑出版了这本《湘江北去》油画、文学作品集，不仅是本次画展的成果展示和总结，更将党的二十大精神、讲好中国故事的长沙篇章落到了实处。

长沙，是楚文化和湖湘文化的发祥地之一，是中国历史上唯一经历三千年历史城址不变的城市。马王堆汉墓、走马楼简牍等重要文物无不昭示着这里深厚的楚文化和湖湘文化底蕴。在长沙，绕不开的命题必定是贯穿全城的湘江。此次九位女作家以湘江为主题，结合楚文化和湖湘文化作画。这种大的母题，已足见这些作家的雄心。

　　此次画展命名为"湘江北去"，题取自毛主席最著名的词作之一《沁园春·长沙》中的"独立寒秋，湘江北去，橘子洲头"。这本作品集收录了本次画展的全部作品共三十二幅，主题明确，风格各异，构思巧妙，内容丰富，全面、真实、客观地展现了九位女作家眼中的湘江之美。作品有着较强的思想性，融合了女作家独有的文学审美和底蕴。画作中的文化传承和艺术创新拓宽了该题材的边界，充分展示了九位女作家的智慧、灵感和艺术修养。

　　写意重彩是中国绘画语言的一次革命和创新。此次展出的画作，画家们用油画的材料、水墨画的技法，大胆创新，画作中的重叠变形，气韵而神灵，诠释出有别于传统西方油画的艺术。楚文化审美中绚丽的色彩和飞动的线条，在本次展览的画作当中得到了淋漓尽致的传承和体现。题材方面，体现本土文化特色的历史代表人物、事件和文艺门类的画作，都是本次画展的亮点。

彭　勇

2022 年 12 月 1 日

目录

林子集

湖南省美术家协会会员
长沙市作家协会会员
长沙市漫岩艺术创始人

湘江北去·朱雀呈祥

160cm × 390cm

看橘洲湘江是件非常美好的事情，你可以从山顶上看，从山腰上看，从山脚下看，在江边上看……都有不一样的美。而我从心里看，水是龙的衣裳，云是朱雀的翅膀；当秋风拂过麓山，星城尽显华浓，湘江一路北上。

梦回唐朝

160cm × 180cm

我呵，很喜欢到铜官窑的小路上，水塘边，屋前屋后，甚至堆放垃圾的地方去瞧瞧、翻翻。偶尔能捡到一片碎瓦瓷片，心里都会火热滚烫，恍惚山林焚烧、洞火冲天的壮观景象就在眼前。

香草君子

240cm × 270cm

此刻，天气阴凉，翘首对面的山麓是无边的云海，半黄
半绿的树影间，依稀看到希望冉冉，又像有丝丝如烟如
缕的箫管之音，暗藏着萌动的生命在缭绕。薄如蝉翼的
兰花，和屈原的心一样层层清香在云尽头。

芙蓉国里

115cm × 210cm

在这个深秋的季节，再一次在湘江边上打开画板，当暖风拂过江面时，我从容地把那一抹俏丽点上！

一样的秋冬不一样的情

玉赤河，十年前深秋的一个周末，我和儿子骑着自行车去看过你。

十年后的今天依然是深秋。天灰蒙蒙的有些寒意，秋雨和着江面上泛起的轻烟，把我织进了十年前的画面里。

伴随一阵欢快的自行车铃音，儿子轻盈地从自行车上跳下来：妈妈，我们到石坝湾了！你看，那是玉赤河。我一只脚落地环视，骤然间，觉得周身寒冷了许多……天与地都在一片褐灰色里，破落的房屋、歪脖子树都像没睡醒似的耷拉着，想撬动大地的电线杆铆足了劲儿斜在那里……一切都在这褐灰色里沉沦。

怎么会是这样？我不甘心，把自行车停在路边，沿着零散的村民房屋和这条烂泥滩河慢慢往里走。这条河不宽，甚至不能叫作河，水面窄处不足十米。路上没有几个行人，天上不时落下一些小沙粒在我头上、身上、地上，房子也都被褐灰色包裹，用手摸摸，一层厚厚的沙灰。突然想起，这里离水泥厂不远。原本可以清澈见底的小河由于污染严重，半喘着奄奄一息的点点残流缓缓地流到荆江河里。玉赤河里的水有的地方还断流，断断续续的浊水在黑褐色的污泥上爬行；河两边稀少的树木，像被谁下了蛊一样束着原本舒展的枝条；零零碎碎的一些不知名的小花小草歪头斜脑地生长着，也许是很久没有陌生人光顾了，看到我们它们有些迟钝这不奇怪。想在河里寻鱼虾的儿子眼睛里已经没有了来时的希望。我一路走着，看着，带着失落惆怅心情打道回府了。

今天受邀来到麓山科技园。发现科技园就建在玉赤河不远处。虽然过去了十年，心还在为玉赤河惆怅。我们随着产业园的工作人员来到宽广的规划室里，工作人员借助一个很大的屏幕给我们介绍如何改造玉赤河。

屏幕里，看到那条蜿蜒在岳麓山下的玉赤河，她羞羞地路过山地、农田村庄，在河两边交错分布。田园、森林和河两旁的湿地景观尽收眼底，整个图形色彩就像一块宝石郁郁葱葱地把城市和郊区相连。工作人员说，目前的玉赤河起着保护和维持城市生态平衡的作用。

由于职业的原因，我经常出去绘画写生，遇到很多像玉赤河这类规模狭小的流域。如果规划时，不注重其表面的功能和观赏功能，不重视流域的实际情况，根据小流域的特性，因地制宜地开发小流域，研究流域和地区的联系，那么就会破坏它的自然生态。经常会出现这种情况，前几年去画过的小流域风景，听说改造了再去看看，结果很失望。还有，这种小流域的自然文化背景都不尽相同，如果不根据特点改造就会千篇一律，走到哪里都一样。所以在流域规划设计时，除了要规划景观外，还要重视小流域的特性，因地制宜地进行开发。

我边想着边看玉赤河景观规划设计图。规划图上很大的篇幅写着怎样最大限度上挖掘、保护小流域的自然景观；怎样在滨水带生态格局的打造中，注重河道与城市的关系。比如，玉赤河生态廊道在三十至一百米的尺度内规划了种植廊道、水系廊道、动植物迁徙廊道、导风廊道等形式与外部地块相联系，形成了众多的绿地节点，如城市公园、山地公园、居住区和创意园区绿地等，保证了城市与河道的生态联系。让人与自然共生，考虑到弘扬水文化，让小流域的开发独具文化特色。

工作人员在屏幕上呈现出来的美丽模样完全颠覆了我十年前看到的玉赤河，我顿时心生感恩。这不仅是玉赤河的福气，遇到了用心规划它的岳麓区科技园，更是居住在河两边居民的福气；遇到了为他们着想的人，也是我们的福气，有了一个随心灵自由休闲的好地方。我们迫不及待地想要出去看看久违的玉赤河了。

走出规划建设管理办公室，乘车十分钟不到就到了玉赤河边。眼前的景象令人迷茫，这是玉赤河吗？刚才在屏幕里看到的是平面俯视图，只是观赏这条河和周边的美丽场景，现在就在河边，融入她的环境里我竟傻了，她怎么可以那么美丽地伫立在我面前？接下来的事更让我彻底忘记了我心中那条不愉快的小河。

河边柳树冉冉飘逸，树下悠闲的几人在垂钓，河里野鸭三三两两，或慢游或蹿入水中，像是在和鱼儿玩捉迷藏，两岸的芦苇和花草对比着互不相让地争抢着领地繁华，鸟儿也不避人大摇大摆地在芦苇里修建房屋；一间、两间、三间……我笑着说这些鸟儿在违建呢。一眼望去，一幅美妙的山水画卷沿着玉赤河到山的那头。小河沿岸，低碳展示馆金碧辉煌，与水上艺苑交相辉映，竹艺呼吸廊沁心通透，滑板乐园里欢声笑语；那挂在树梢的树屋很有意思，遥遥望去，像星星般璀璨，在那上面住上一晚想必会有与神仙相遇的机会吧。

你或许见过云南蝴蝶谷的美丽，尝过大理情人谷的甜蜜，体验过穿越非洲大峡谷的豪迈，领略过野狼谷的凶险……可是你知道呼吸谷的魅力吗？在这里，呼吸谷那若即若离、清新甜润的空气让你在茶溪岛把嗅觉、味觉全部打开，不管你愿不愿意，每一次呼吸这新鲜的味道都往你鼻子里送，往你每一个细胞里填，情人心扉原来是这样的。

我张望着那片片叶子，想看看她们是怎样把这么美妙的气息制造出来的，可叶子并不理我，各自摆着造型，静静地吐着清新的空气，完全把你带到轻盈的巅峰，诠释活着的意义！

在这里，我们把爱美的天性和盘托出，亲昵花草，自做工艺，添饱油彩画古樟……我们一个个景物游玩，一处处美景细赏，其间那份开心、那份喜爱，让我实在无法把她同十年前的那条玉赤河联系在一起了。

就这样，我们一会儿在河的这边品茗聊天，天南地北、海阔天空、信马由缰地聊，一会儿又走去河的那边村子里，看当地人种菜养花。村庄是改造时留下来没有搬走的老玉赤河边人家，三五户一个小村庄。大树在村庄里自由招展，像是欢迎大家。我们意虽尽而味不止，好不快意。

寒意不减，秋雨飘零。这个夜晚我无法入眠。不管这个深秋的雨多么寒冷，此刻我心中温暖无比。玉赤河，你呢？

后湖景色

　　入秋后的阳光已不再那么灼热。早晨的风也像丝绸般柔软，贴着身体温暖而舒适，偶尔滑过发梢时已能感到一丝凉意。

　　太阳还没有升起，湖水还未睡醒，此时寂静无声。白鹭轻轻掠过水面，波纹就是不愿睁开眼睛，用一片片树叶悄悄遮住。这时的湖光却是最美。

　　一个在后湖待了二十余年的"后湖人"经历了后湖变化的四个阶段：自然乡村渔场、艺术培训基地、脏臭鱼塘、艺术公园。后湖在变化，而我，在成长。

　　坐在艺术馆窗边，秋日的早晨，后湖静谧而美好。

　　沏了茶，点了香。对面岳麓山上蔓延下来的一大片一大片的晨雾轻车熟路般地往湖里飘来，将湖岸和湖中间的岛、桥衬得格外柔和。

　　湖里零星地，或成片地长有睡莲。花正在开，深色叶子中一朵朵浅色的小花儿像莫奈的油画，整个湖面高雅而安详。

　　也许是这里植入了艺术气息，很多来后湖的朋友都说，这里给人一种脱俗的感觉，即便是刚从菜市场大汗淋漓地来，坐一会儿也能心平气和，整个人就融入了湖的景色，舒服极了。

一小口一小口地呷着香气四溢的茶汤，从从容容地读上几页闲书或者写个千字小文，对着湖水、小树写生；甚至，什么也不想，什么也不做，干脆就这么半倚半躺地坐上一上午……

然而，像今时这般的闲适实在是来之不易。

记得1985年春，在长沙师范大学艺术学院参加美术高考期间，闲暇时我总是喜欢来后湖。那个时候的后湖是一个自然渔场，水儿清澈透明，鱼儿欢喜雀跃。周围成片成片都是橘树。不多的渔民小屋在湖堤上三三两两，和橘树一起倒映在水里弄影嬉戏。一棵棵橘树五六米高，开满了白色的小花。穿梭在橘树与湖边，就像被上天宠着在仙境里沐浴，举手投足之间都散发着醉人的芳香。

20世纪90年代末，工作调动于长沙，机缘巧合，一家人住在了离后湖步行不到十分钟路程的小区里。想必是后湖的芳香染在我心底未散，让我来后湖定居做一个美美的后湖人。

把家安顿下来的第三天，我满怀深情地就往湖边跑。十几年了，真的好想她……跑着跑着我的脚步越来越慢，一是有太多的人，不容许我自由奔跑；二是眼前的后湖变了样子，我甚至怀疑跑错了方向。

一眼望去，湖就那么浑浊突兀地躺在那里，周围没有了那一片片的橘树，堤坝上渔民的小屋都被密密麻麻的数不清的违章建筑包裹着，建筑上面写着数不清的培训机构。我说怎么会有这么多数都数不清的人哪！

什么时候开始，这里变成了艺术培训基地，一个小渔村要承载近十万人的生活？人，密得空气都快稀薄了，何况没有了树木遮挡的小湖。索然无味的我站在湖边，脚边被人踩来踩去的几根小草也无精打采，歪着脑袋和我相视无语。

那几年，不仅培训班云起，还有大学生公寓以及其他项目的建筑垃圾也填入该湖。2006年后该湖有二十亩左右被填，垃圾成堆，杂草从生。再加上后湖新村安置小区建好后阻塞了上游的来水，后湖基本上变成了一个死水湖。后湖就像是我落难的朋友，我帮不上什么忙，只能把工作室搬到湖边上，天天陪着她。

那个时候朋友来我这里也是有怨气的，说我不该待在这臭水沟边，让创作染上不洁的味道。为了安慰朋友们，我为后湖画了一幅生意盎然的画，湖边上，一只白鹭悠闲地梳理着羽毛，仿佛世间万物纯洁美好得不可方物。其实也是安慰自己，我的好朋友后湖，会等到贵人相助的那天。

风移兰气入，春逐鸟声来。2015 年，后湖终于迎来了她的贵人。

一场生态攻坚战打响。为了全面斩断污染源，长沙岳麓区政府拆除后湖周边违章建筑六十余万平方米。培训机构、食品加工厂、废品回收站等六百多家企业、门店随之关停。他们以"长治久清"为整治目标，力保还一湖活水，不仅要让后湖回到原来的清秀美丽，更确保枯水季节的水位和水质。三年，后湖完成全面注水，一湖碧水呈现在人们眼前。

我楼下住着一对八十多岁的老夫妻。后湖还没有改造时，每当夏秋之际艳阳高照时，他俩就在房前拉一块黑色的大编织布挡太阳，没有树的夏天，太阳毫不留情地从上午 11 点多一直晒到晚上 7 点左右下山，房子里像蒸笼一样闷热，只有一台老旧的风扇从早到晚咿呀咿呀地摇个不停。今天都中午了，两个老人还在门口玩牌。门口两棵高大的桂花树是去年后湖艺术管理园区给移栽过来的，刚入秋天还热，树叶饱满张扬，孕育着幽兰的香。

前些天艺术馆门口有只幼鸟嗷嗷待哺，估计是顽皮的父母忘记了回家的路。这是现在后湖的常态，什么鸟啊虫啊，还有找不到主人的小狗，常常守在艺术馆门口，既不可怜也不霸道，只是想暂时与我为伴。这只小鸟，我一遍遍地把它托起，送到最高的那根树枝上，想让它一翼千里，它却只顾着梳理那根根没有长齐、毫不起眼的羽毛。我想它可能和我一样贪恋后湖的美，懒得一翼千里喽。

现在的后湖，是长沙唯一的艺术园区，不仅聚集了世界各地众多的年轻创业者，也聚焦了长沙文创和科创的精髓和灵魂，逐渐成了长沙小文艺和小清新的网红打卡地标。

我很庆幸，经历了后湖几个阶段的变迁，如今仍然在后湖边上享受着这份美好。当然，从后湖的蜕变中，我已成长，从以前那个只想在后湖边上陪着的人超脱了出来，成立了"漫岩艺术馆"，让艺术影响越来越多的人热爱生活，发现身边的美，拥有制造美、传播美的能力。艺术做不到救世，但可以感染人。

茶水的热气融入湖水冉冉升起的雾气里，阳光追着白鹭飞了进来。艺术馆里的灯光和阳光约好了，把心和路都照亮。不用去追逐时光，美好是矢志不渝的陪伴。

溯　梦

　　读高中时,被课本里《沁园春·长沙》"独立寒秋,湘江北去,橘子洲头。看万山红遍,层林尽染,漫江碧透……"惊艳到了。每一句词都是一幅画面,让我无限遐想并在心里暗暗许愿:待我长大,让我去长沙把这些美景画下来!从小就爱涂涂画画的我那个时候就有了这个念头。

　　记得 20 世纪 80 年代我到长沙参加美术艺考。傍晚上了火车,把画板打开插入坐凳下面,然后慢慢爬进去睡到坐凳底下,心里头想着湘江上橘子洲头的美丽样子,一觉醒来大天亮,到长沙火车站了。美术高考是院校自主出题,学生们要亲临现场参加考试,所以高考的那几个月去过很多地方,但长沙是我最心心念念的地方。

　　在火车站乘坐直达湖南师范大学艺术学院的公交车,车窗外的新奇景象对于初来乍到的我来说是目不暇接。车行至五一路湘江大桥时我兴奋地站起来,把脸贴到车窗上张望,可惜来不及好好地欣赏就飞驰而过了。从二里半开始公交就进了岳麓山的区域范围,看到好多很美的大树形态各异,惹得我实在是忍不住,还没到目的地就下车了,我要步行走过去慢慢看。

5月的天气还有一丝凉意，那天是下着毛毛细雨，我把画板高高地举在头顶上挡雨，裤脚和鞋子都湿了，随着脚步在地上扑哧扑哧有节奏地响。我完全不管衣裤鞋袜是否淋湿，望着举手可及的樟树叶子，看她们随着枝条随风摇。树与树都相互依存，相互穿插，在雨中延伸到路尽头。宽广的马路，高大的香樟，使人心旷神怡。我是在怀化县城长大的孩子，第一次看到马路旁这么多庞大的、姿态各异的、造型别致的、密不透天的古香樟树。雨中弥漫着若有若无的香气。这种在雨天穿梭在香樟树下的美好感受，让我立马就做了个决定：以后我的家一定要扎根在这里，不仅可以画湘江还可以画岳麓山下的古香樟树！近四公里的路程我就这样和着雨水一路欢快地走过了。

后来在家乡读了大学，工作后一晃十年过去了，但心中的那些个愿望从来就没有忘记，总想有个去长沙的机会。终于，一个春光明媚的日子我随先生真的调到了长沙工作，还住在了岳麓山下湘江边上。正所谓："天初暖，日初长，好春光。万汇此时皆得意，竞芬芳。"第一餐饭都不愿坐在屋子里吃，和儿子一起端着饭碗坐在马路边上，古香樟树下，一边看熙熙攘攘的人流一边吃饭，那时的喜悦我终生难忘。

之后，岳麓山上的爱晚亭、岳麓书院、云麓宫……湘江边上的杜甫江阁、铜官窑遗址等都是我常常逗留的地方。特别是在岳麓山上看太阳初升；太阳初升的时候，漫天的云和湘江的水都被染红。云犹如朱雀的翅膀，层层叠叠，在长沙上空盘旋着，像极了春秋时期《诗经·大雅·卷阿》上记载的："凤凰鸣矣，于彼高冈，梧桐生矣，于彼朝阳。"凤凰就是朱雀，其身覆火，终生不熄，拥有旺盛的生命力，以其形赋其神，为盛世注入无限气韵，给人间带来祥瑞灵气，寓有完美、吉祥含义。难怪长沙星城这么美丽而吉祥，原来是有朱雀守护着。

母亲在长沙帮我照顾儿子的那段时间里，她老人家晨练的方式就是爬到岳麓山顶上看日出，回家时带上两大桶山泉水。现在母亲快九十岁了，很多事情都忘记，但湘江早晨的美景仍然记忆犹新。我画好这幅《湘江北去·朱雀呈祥》后，拍了图片给她看，她回老家十几年了还是一眼就认出来这是橘子洲头湘江的早晨！我创作这幅画时格外地顺畅，因为画面在心中酝酿了很久，既而一气呵成。推远看看，气势恢宏，朱雀双翅下的河东、岳麓山、湘江、后湖都是那样柔美。有人说这不像是个女人画的，哈哈哈，女人笔下的江和山，就是如此多娇！

在长沙一晃就二十几年，百里画廊湘江美景看不厌也画不完，比如《梦回唐朝》是我根据铜官窑元素创作的。铜官窑古街上，居民家屋前屋后那些堆积的唐代瓷器瓦砾，我都去翻过摸过。目前还在古镇上传承拉胚、做陶瓷的铜官窑手艺人郭跃平看我那么喜欢就说："子集老师，烂瓷片我家有两块都给你。"是的，我很喜欢，能捡到碎瓦一片从心里都觉得火热滚烫，仿佛看到唐代诗人李群玉的《石潴》中描述的当年铜官窑大规模傍山建窑、柴火烧瓷的壮观场面："古岸陶为器，高林尽一焚。焰红湘浦口，烟浊洞庭云。迴野煤飞乱，遥空爆响闻。地形穿凿势，恐到祝融坟。"当时长沙窑烧制陶器时山林焚烧、洞火冲天。这里不仅是世界釉下彩的创烧地，同时开创了陶瓷业的辉煌时代。涛生云灭的湘江边，各色瓷器成品堆积如山。江口停泊的货船上，满是工人在忙碌搬运，一个瓷器的世界工厂在此尽显繁华。直到民国三年时，铜官窑还是窑场林立，有陶工万余人、窑一百六十余座，故有"十里陶城，百座龙窑、万名窑工"的美誉。那个以诗为伴的年代，代表当时最高艺术水准的铜官窑，像一只吉祥的凤凰，从铜官龙窑里出发飞往世界各地，代表唐朝文化艺术交流的高洁与繁荣。

千百年来这窑火未曾断绝。如今在几乎人人都是陶艺师的铜官古镇，岁月仍然在静静地流逝，但泥土与烈火的一次次对视，仍然只为入窑的每个坯子，都满怀着如凤凰一样飞向世界的希望。有时候，我坐在石渚湖边，看微风吹皱水面，任由诗般美好的凤凰，带着我信马由缰地飞。以天下第一窑陶瓷文化艺术的高度自信，从湘江出发，积聚起飞入长江，飞向汪洋大海，飞向世界，飞向未来的蓬勃之力。

我爱湘江画湘江，但湘江的美是穿越千年的积淀，我时而站在岳麓山顶看万山红遍，时而跌进了时空隧道里，变成寻求美的一滴江水，随着湘江一路北上，从一个故事，到另一个故事。在阳光与时光交错辉映下，我恍惚感觉到两千多年前，屈原入湘境，饮湘水，吟湘歌，将湘民带入了"香草美人"的意境。

风和日丽的一天，屈大夫过湘江到洞庭，然后再通过洞庭去美丽的沅江和汨罗江。一路上他"扈江离与辟芷兮，纫秋兰以为佩"，又担心"惟草木之零落兮，恐美人之迟暮"，于是"朝饮木兰之坠露兮，夕餐秋菊之落英"。东汉文学家王逸说他："行清洁者佩芳。"在这里屈大夫想好了要种植大片的香草，"余既滋兰之九畹，又树蕙之百亩"，其目的是"冀枝叶之峻茂兮，愿俟时乎吾将刈"。

就这样屈原大夫一路寻芳一路追求着"香草美人"，追求与自己一样有美好之心灵的香草，一起去看芬芳无比的一片江山。

江边上，白鹭陪着，兰草闲着，屈原任由阵阵清风徐徐来。在这湘江边上，他用不着抽剑扣舷，在清水上划一道浅痕叹息，也不必把佩剑高举过头，用力地挥舞着心中的伤痛。此刻，翘首对面的山麓是无边的云海，半黄半绿的树影间，依稀看到希望冉冉，又像有丝丝如烟如缕的箫管之音，暗藏着萌动的生命在缭绕。薄如蝉翼的兰花，和屈原的心一样层层清香在云尽头。

片片花瓣萧萧下，一度春秋一分愁。岁月从我身边掠走了一年又一年的时光，所幸有这条亘古不变的湘江陪我饮湘水，吟湘歌，赏香草，画湘江。

今天的湘江边上，大朵的芙蓉花，似乎忘记了季节，在这深秋里相望着都不愿意离开。长沙自古盛植木芙蓉，五代谭用之有诗"秋风万里芙蓉国"咏之，毛泽东更是用"芙蓉国里尽朝晖"来赞美湖南长沙。花是一座城市自然、人文和精神风貌的体现。芙蓉花艳丽、富贵，同时又有顽强的生命力，长沙大街小巷都有，就如同长沙人的精神和性格，吃得苦，霸得蛮，耐得烦，孜孜不倦地执意开放，也许是要承载起"敢为人先、心忧天下"的美德。

在这个深秋的季节，再一次在湘江边上打开画板，当暖风拂过江面时，我从容地把那一抹俏丽点上！

心里流淌着的河

　　绵绵的细雨还正如烟，我便怀揣着这个想法，可去哪儿呢？有些地方过于嘈杂，让我烦闷不安；有些地方过于遥远，使我无法企及；还有些地方过于奢华，容易迷失方向。索性就跟着屋檐的雨滴坠落而下，巧润细无声，有道自成渠，反而显得轻松了许多。

　　我喜欢这样如烟的雨天，怜惜上天给予大地的恩泽。沿着这屋檐雨滴坠落汇成的涓而行，闭上眼睛像置身于涓涓泉水之甘霖，头顶着卷卷流云之洒脱，不经意就在古野之中苍青的树木边了。涓接纳了更多就成了溪。这溪有名叫浏水，浏，清亮貌。这水在云雾山中行走仙成的主要地方在浏阳，浏水又因浏阳城而名浏阳河。

　　浏阳河位于湖南省东部，是湘江的一级支流，发源于罗霄山脉的大围山北麓，浏阳河源头至大溪河小溪河交会处，杨潭乡（现高坪乡）双江口河段为上游；双江口至镇头市河段为中游；浏阳河下游从镇头市起始，最后在长沙市的陈家屋场注入湘江。浏阳河九道湾：有幽林深壑、碧透神秘的湾；有浪卷千堆、姿态婀娜的湾；有宽阔舒缓、波光粼粼等各种不同的湾。

　　跟着这欢快的河，流过森森的草原，经过觅食的牛羊，轻轻绕过恬静淡雅的村庄，流水潺潺，历经这一曲又一湾，她唱着，旋转着，继续向西前行，而我却在这九道湾里缠绵不前。

信步在狮子山下，王生的木排依然随着波轻轻地摇着，是在等待三仙岭上听三位道人讲道的主人吗？来到棋盘石边，石上的棋子仍然静静地待在这里，是否在回忆那场惊心动魄的博弈？移步同到庵，庵，若隐若现地在那仙山岭下树里边悠闲着，每个来这里的人都和我一样流连忘返。

河水流经仙人市时格外优雅，以至这里的人爱在河边洗衣、淘米，叽叽嘎嘎的水车引它上来灌溉那一片绿油油的禾苗。微风轻轻一吹，河会优雅地在水面荡漾着轻柔的涟漪，就像碧绿的绸子在悄悄缠绵着自己的柔软。河边的草，绵绵厚厚的一层，像妈妈铺的稻草床，怎样翻滚都伤不着。牛儿悠悠地吃着草，时不时地抬起头来，嗅嗅风中花的味道。河对岸的橘子林，一眼望去碧绿了河水，映绿了青天。夏天，在河里嬉戏，小鱼儿也顽皮围着折腾。扎个猛子下去，清晰可见的一个个螺蛳在长有绿苔的石头上扎堆悠闲。许多个傍晚，孩子坐在河边望着河对岸，盼望妈妈上山砍柴归来的身影，直到妈妈上船过河下船，孩子像小狗般撒欢儿跑去迎接，妈妈疲倦地笑着把在山上采来的野果子掏给他们。那山上长满了野果子的密密麻麻的树林是孩子们向往的仙地。

这九道湾像个迂回的太极八卦图一样坦然地躺着，儿时曾想河流为什么要弯弯曲曲地前行，遥遥千里何时才能入海？求学后若有所思，认为弯道拉长了流程，河流也因此拥有更大的载水量，当夏季洪水来临时，河流就不会以水满为患了，河水对河床的冲击力也随之减弱，这就起到了保护河床的作用。还为自己的推论所折服，认为这便是自然的奥秘。

了解了自然的奥秘，得到了知识的庇护，人越发地骄傲与偏执。

于是再也闲不住了，有的披上了工程师的外衣，透过上帝的眼睛，支配着身边的地理。

自以为是地淘金，淘沙，淘石，挖厚厚的草、高高的树去附庸风雅地装饰城楼的门。总以为有"知识"的包装，弄丢一条河无所谓，反正地大物博，去别处引水好了，谁管那些随着河流一起干涸的环境以及曾经孕育出来的美好情操！

就这样，我们有一段时间在河边只看到了积年的肮脏和乱弃的废物、嘈杂的环境，岸边的居民渐渐变得浮躁、漠然、没有信心和不耐烦，他们靠天吃饭，旱涝常常失时，越来越贫穷，老井也一口接一口地枯了，粗糙的日子与荒凉的河一样无奈。河边的子孙们谁也没有心情多看这河床一眼，更不会去想它的过往今生，他们已经失去了对于美好事物的想象力。虽然天生有缺失感，觉得自己的生活不完美，但谁也想不到这跟一条丢失了灵魂的河流有关。

一湾一曲，不能一泻入江，就像每个人漫长的人生旅程，不可能是一条平滑的直线，我们一生有过多少为了持守真理而留下的创伤，反而成就了可歌可泣的故事，有那些奇迹，才证明这一生没有白活。

如今，我们一家已经离开故乡来到长沙多年，但是家乡的河在我的心里流淌。我仍喜欢河流，我依然把自己家安在了河边，这是一份眷恋也是一种追寻，只要沉下心来就听到河流的呼唤。我相信世界上每一条河流都是相通的，它们都有宽广的胸襟养育着那一方土地。莱茵河也好浏阳河也罢，它们都是母亲河，如果我们仍然那么无知、自私、肆无忌惮地破坏与摧残，那么再宽的河流甚至海洋也有干涸消失的一天。

"上善若水，水遂人愿，人水共生。"这些年，长沙市政府为了还"母亲河"以清澈，真正做到生态文明与经济社会发展协调统一，人与自然和谐共处，实施了"浏阳河综合治理"、推进浏阳河生态建设的举措。唱响全世界的母亲浏阳河又焕发了生机。

　　然而这一切，幻境一样在脑海里近了又远了。还有更多河流，它们不是一条诞生过伟人的河，甚至连上地图的资格都没有，它们一条接着一条在历史的沙漠中湮灭。有时开着车从旷野上驶过，能看到它们曾经切开的沟谷、荒凉干涸的河床。它们从前也是母亲河吧，也曾养育、庇护过子孙。深深地祈祷来年春天，徐徐清风吹过，抚摸你的脸颊时花草树木都发芽，到处是一片生机勃勃的景象。像浏阳河一样，每到周末，都有带着父母和孩子到这里游玩的人们。

　　今天这如烟的天，漫步浏阳河边，风景朴素；虽然没有九寨沟那沁人心扉的纯，没有张家界那威武高深的骄傲，也没有桂林漓江的甜，可是这里的一草一木都是那么亲切。用手摸摸，涩涩的，像小时候玩过的一样；河面的水很安静，风都不敢吹她，只有偶尔蜻蜓飞过稍引动局部点点涟漪，像十二岁女孩羞涩的脸；河边有些杂乱的树杈随意躺着，我都不敢放纵脚步，生怕惊醒了它们的梦。

　　深夜，路灯暗淡，人们睡了，鱼儿也睡了，那么宁静，只有心里流淌着的那条河还在地平线的尽头为我守护。

嫣　青

中国作家协会会员
国家二级作家
长沙市政协委员
长沙市作家协会理事
长沙市开福区作家协会主席

湘水诗魂

140cm × 200cm

"风雨问当年，流寓星沙，客恨曾题临水阁。江山留胜迹，何分湘蜀，诗魂尚系浣花溪。"从入长沙，到魂归湘江，杜甫与长沙结下了不解之缘。当年的大诗人落魄潦倒，在他生命的最后岁月，他就寄居在西湖桥边湘江中的小舟和近港的佃楼中，还曾称佃楼为"江阁"。

跃马湘江

140cm × 120cm

兴马洲，位于长沙市天心区暮云镇西南部，处于湘江中心，是江心岛，也是湘江入长沙段的第一座岛。传说，兴马洲是一匹被楚王断尾的御马，在湘江边焦虑地寻找被抛入江水的断尾，导致最终坠江而亡，化成的一座小岛。

霜叶鹤影

140cm × 120cm

"山径晚红舒，五百夭桃新种得；峡云深翠滴，一双驯鹤待笼来。"从爱晚亭拾级而上，麓山古寺后就是白鹤泉。白鹤泉边古树环抱，石亭下一眼古井，泉水清澈，冬夏不涸。相传，古时常有一对仙鹤飞至此，因而得名白鹤泉。有意思的是，若取泉水煮沸沏茶，氤氲的蒸汽会形成一对飞舞的鹤影，煞是神奇。

穿过岁月

冬雨绵绵，潮湿了这座城市，也凛冽了路人匆匆来去的背影。

站在阳台上，俯瞰横亘在脚下的河道。静静的河水，年复一年、日复一日，缓缓注入湘江，与滚滚湘江水融汇交流，奔腾入海。

《湖南通志》记载："浏阳河又名浏渭河，原名浏水，浏，清亮貌。"由此可知，浏阳河还有一个别称浏渭河。

至于古浏阳县城，因县邑位其北，古有"山之南，水之北，谓其阳"，所以得名浏阳。源自大围山的浏水，则因浏阳城而被称作浏阳河。

迎着霏霏细雨，漫步进入江边风光带。许是因为寒冷，再加上下雨，在江边活动的人并不多。风光带依旧充斥着南方冬日特有的绿意，偶有几棵金黄的银杏和绯红的枫树夹杂其间，为单调的绿色平添了几分活泼的色彩。沿着曲径通幽的江边小道溯江而上，木头步道将脚步放大成沉闷的咚咚声，被雨水濡湿的落叶，在脚底发出簌簌的轻响。

不甚宽阔的河面，河水流速很慢，耳畔除了呼呼的风声，基本听不到水流的声音。有巨大的引擎声自上游传来，是一艘挖沙船。记忆中，窄窄的河道上，似乎只有这种挖沙船孤独地穿梭其间。

但是，据老人们回忆，在 20 世纪 80 年代中期以前，全长二百三十四点八公里、流域面积四千六百六十五平方公里、流经浏阳市和长沙市境内四十多个乡镇的浏阳河还是长沙城北十分重要的航道，离码头不远的镇头老街也随之变得十分繁华。直到浏阳河上游的几座水坝逐步兴建，再加上公路的发展，架在浏阳河肩上的航运重担才最终被卸了下来。河道两边，也一度被田野和荒地所占据。直至今日，城市现代化建设的脚步踏上这块土地，这条沉寂多年的河流两岸才再度繁荣起来。

一路走来，雨气氤氲成一道道缭绕的水雾，将浏阳河两岸林立的高楼装点得如同虚幻的海市蜃楼。被雨水过滤过的空气，清新得仿佛带着微微的甜味。

风，好像没有先前那么刺骨了。蓦然惊觉，雨不知什么时候停了。原本阴云密布的天空，也变得明亮了起来。抬头仰望，薄薄的云层中，灵动的阳光若隐若现，仿若跟人们玩起了捉迷藏的游戏。

远处，渐散的白雾衬托出一大片巍峨的灰白色建筑群，那就是长沙市新近建成的"三馆一厅"。环顾周遭，才发现，我竟然已经走到了位于凤嘴路北头浏阳河对岸的落刀嘴处。

停下略感疲惫的脚步，遥望对岸。浏阳河畔，依然青翠的柳枝随风飘舞，将偶尔投射下来的阳光切割得支离破碎。

落刀嘴，原名骆驼嘴，是因河口的形状像骆驼的嘴巴而得名。至于为何更名为落刀嘴，却跟一个硝烟弥漫的传说和一个被历代国人奉为神明的英雄人物有关。

相传，三国时期，刘备在赤壁之战大败曹兵不久，又与周瑜争夺荆州，并大获全胜。在夺取荆州之后，他获悉长江以南的荆州四郡打算投降曹操，于是，命赵云、张飞分别攻克零陵、桂阳、武陵三郡，同时派关羽攻打长沙。

关公率兵来到长沙城北的涝塘水一带，为了一探长沙太守韩玄的虚实，他命大军驻扎在涝塘水畔，屯兵缓进。而当时，被当作长沙城外天然防线的湘江，宽阔的江面上，战船云集，戒备森严。这使得欲乘小船从水路去湘江打探长沙城河防的关公，无功而返。

在重重设防之下，打探消息都如此艰难，更别说取道水路攻取长沙城了。率部回营的关公，独坐船头，苦思攻城良策而不得，因此一路闷闷不乐。

谁曾料，趁夜行船，船过浏阳河至湘江的入河口时，无风起浪，一个浪头拍将过来，小船被狠狠颠了一下。正陷入苦思冥想的关公猝不及防，虽说及时稳住了身形，可手中的青龙偃月刀却不慎脱手落水。

民间传说，跟随关公征战无数，由此而名扬天下的这把青龙偃月刀，是由天下第一铁匠在月圆之夜打造而成。此刀完工之时，天地间突然风起云涌，从空中滴下一千七百八十滴鲜血。据当地术士分析，那是青龙的血。所以，才将此刀命名为青龙偃月刀。而刀面上所镶嵌的那条青龙，也被赋予了神力，入水即活。

果然，宝刀入水之后，青龙从刀面上一跃而出，衔起宝刀，逆水而上，入涝塘水，迅速远去。幸而，门将周仓追随关公多年，深知此刀特性。宝刀落水那一刻，他也随之纵身跳入水中，奋起直追，憋足一口气，足足游出了七里地，才终于将宝刀捞了上来。

自此，关公青龙偃月刀落水之处便被人称为落刀嘴。而周仓捞刀的这条涝塘水，也被后世称为捞刀河。

这是一个神话般的传说，但是，每一个长沙人都愿意相信，它是真实发生过的，因而，世世代代津津乐道。每每有外地人询问起浏阳河落刀嘴和捞刀河名字的由来，他们都会很认真地向对方叙述这个故事，那神情，仿佛亲历一般。

不仅如此，这个神话传说还有一个同样神秘的后续故事。而且，这个续集，还跟一个闻名全国的古老品牌有关。

据老人们说，周仓捞起那把青龙偃月刀之后，关公发现，那把宝刀被河底的石头碰了个缺口，心中甚为不快。于是，他的义子关平便请来了远近闻名的磨刀好手罗铁匠，为关公磨刀。

接到这个任务，罗铁匠也十分慎重。经过一番烦琐的准备工作之后，他才开始磨刀。他刚准备就绪，恰逢老天下雨。雨水顺着营帐的檐角流下来，正好被他充当了磨刀水。历时整整三天，他才终于在农历五月十三日磨好了那把宝刀。

从此以后，人们就把这一天称作磨刀日，而这天的雨水，就被叫作磨刀水。而捞刀河的刀剪，也因此名闻天下，成了与北京"王麻子"、杭州"张小泉"齐名的刀剪品牌。

驻足江畔，放眼望去，两河交汇的间隙间，层层叠叠，尽收眼底的都是一座座崭新的高楼大厦。一千多年前的英雄，早已驾鹤西去，唯留古老而神秘的浏阳河，弯过了九道弯，与同样源自浏阳境内的捞刀河并驾齐驱，遥相呼应，穿越千年历史，淌过悠悠岁月，依旧静静地盘踞在古城长沙的北端，默默地灌溉着这片土地，无声地继续陪伴这座旧貌换新颜的城市迈开高速发展的脚步。

那条传说中的青龙呢？你可否还记得昔日的金戈铁马？可否还记得当年那两条清澈的小河，以及河边专注的磨刀人？

收回远眺的目光，天色渐晚，阳光终于冲出云层的束缚，洒满江面。有风吹过，柳林深处，缓缓驶出两艘渔船。夕照残红，渔舟唱晚，在两岸钢筋水泥的丛林间勾画出一派祥和悠闲的江南水乡胜景。夕阳的最后一抹余晖，也在这冬日的傍晚，给归家的行人心头送上了丝丝暖意。

穿越历史的记忆

　　9月初，古城长沙。没有愁煞人的秋风秋雨，凉凉秋意，如同一个羞涩的少女，迟迟不肯展露真颜，唯有倔强的暑热，以如火的热情恭迎远方来客。

　　滨江文化园向长沙市民开放之初，我便慕名而至，于江风习习中感受"湘江北去"，遥望麓山胜景。常常流连于图书馆的书山学海，快活不知时日。也曾漫步规划展示馆，与众多游人一道，了解长沙的"前世今生"，感受长沙的山水之秀、人文之蕴、城市之美。然而，却每每因各种原因，与博物馆擦肩而过。时至今日，方才与"三江笔会"的与会作家们一起，遂了参观博物馆、徜徉古长沙历史长河之愿。

　　若说由声、光、电等现代化设备构筑展厅的"长沙规划展示馆"，予人耳目一新的感觉，那么，满布历朝历代出土文物的"长沙博物馆"，则让人深深感受到来自远古的气息。一步之遥，恍若隔世。

　　《史记·天官书》有云："天则有列宿，地则有州域。"二十八宿中轸宿附星"长沙星"，则正对应湘水边这片沃土，故此地被称为"长沙"。上古时期，这片土地上就出现了人类的踪迹，人类在这里繁衍生息，直至三千年前的西周时期，始建城池，宁乡炭河里遗址发掘出的众多文物即是佐证。

踏进展厅的那一刻，一股陈年木质香味扑鼻而来，萦绕在鼻端，久久不散。这是每一座博物馆特有的味道，是历史的记忆。眼前暗了下来，展厅里厚重肃穆的装饰、展柜里琳琅满目的展品，令我瞬间出离了尘世的喧嚣，恍惚间，似乎穿越到了三千年前。

长河。落日。滨江之洲。

古长沙的先民们，在这片土地上挥洒汗水，日出而作，日入而息。至商末西周初年，长沙城的雏形——"大禾方国"在宁乡炭河里建成。

商周时期，是一个以青铜文化为主要特征的时期。"大禾方国"的贵族们，为彰显其至高无上的统治地位，亦以青铜为重。

《史记·货殖列传》记载："洒削，薄技也，而郅氏鼎食。马医浅方，张里击钟。"四羊方尊、大禾人面方鼎、象纹大铜铙等众多酒礼器、食礼器、礼乐器，在见证了"大禾方国"几代统治者们的奢华后，长埋于历史尘埃之下。花开花谢，潮起潮落，光阴飞逝，一如白驹过隙，三千寒暑不过弹指一挥间，却历经战火纷飞、王朝更迭，目睹了多少悲欢离合、人世辛酸，终有一朝，抖落一身尘土，重见天日，为世人所景仰。如今，它们伫立在博物馆的展柜中，依然庄严肃穆，每一道纹饰都渗透着厚重的历史，用他们的狞厉之美，默默向每一个参观者诉说着悠悠岁月，和曾经的辉煌。

历史的脚步渐行渐远，不胜唏嘘。思绪仍沉浸在三千年前的鼓乐齐鸣、战鼓声声，滚滚车轮却已载着我们跨越了好几个世纪，来到"西园北里"。

"西园北里"，坐落在开福区湘春路上，是一条淹没在现代化都市中的老街。短短数百米的距离，一色的青石板铺路，两侧没有"红墙碧水沐天光"，唯有"青砖伴瓦漆""小楼一夜听春雨"。木门、花窗、修竹、浅草，西园古井一泓幽泉，清可见底，顷刻隔绝了红尘俗世、悠悠众生。

与西园古井相对而立的，是"左太傅祠"。晚清重臣、军事家、政治家、湘军著名将领、洋务派代表人物之一的左宗棠病逝于福建，根据清廷"在湖南原籍建立专祠"的诏谕，"左太傅祠"选址建于西园北里，一代名将，终魂归故里。

"西园北里"的名声，始于唐代文学家刘蜕的"蜕园"，后又囊括了晚唐宰相裴休、元代理学家虞集、明代封疆大吏黄宝等历代名人。直至两百多年前，近代民主革命者、实业家龙璋在扩建其住所时，借用裴休所建"西楼"之名，曰"西园"，"西园北里"由此始建。

漫步"西园北里"，曲径通幽处，步步名楼。"黄埔长沙同学会旧址""李觉公馆""帅孟奇旧居""黎倜康旧居"……这些古朴静谧的小楼，不仅留住了老长沙的记忆，也亲历了一个王朝的没落，一个新时代的诞生。

从唐代至今千余年，"西园北里"的青石板承载过多少名人的足迹，"西园北里"的每一寸土地，都镌刻着一个人名。黄兴、杜心武、陈寅恪、李立……他们或在此掀起革命风潮，或在此创世立业，或在此修身养性，每一个名字都铭刻于老长沙人乃至全体中国人的心中，不可或忘。

暂别"西园北里"，一行人马不停蹄，奔赴"中共湘区委员会旧址"。

"结庐在人境，而无车马喧"，地处八一桥边清水塘的"中共湘区委员会旧址"倒确是闹市中一处清幽的好去处。此处原属于一陶姓商人，板墙木窗，青砖绕院，竹影摇风，显得十分雅致。

一张张黑白老照片，记录下一个个可歌可泣的故事。纵使照片大多数模糊不清，却丝毫不能阻止它们一步步将我们带进那个先烈们抛头颅、洒热血，为追求光明，不惜牺牲生命的火热年代。

1921 年 7 月，中国共产党在嘉兴游船上建立之后，毛泽东返回长沙，曾偕夫人杨开慧在此居住工作。曾几何时，中国的革命先驱们在此秘密集会，"指点江山，激扬文字"，"欲与天公试比高"，拉开了创世纪的帷幕，迈开了中华民族走向新时代的坚实脚步。

离开清水塘，天将近晚。明月初升，颤巍巍挂在柳梢头，半透明的，如梦似幻。仍不愿落幕的夕阳，倔强地将江面染成一片暗红。意犹未尽时，我惊觉，短短一个下午，我们竟然穿越了整个长沙的历史，记忆却愈加清晰，深深镌刻于我的脑海。

七彩云霞绣山乡

这是一个秋天，凉风习习，细雨霏霏。雨，绵绵软软，落在头上，拂在面上，恍若无物，意外地，少了秋的清冷，却如春般温柔。

迎着斜风细雨，驱车向北，重临沙坪。没错，我之前来过一次沙坪。那还是二十年前，有位朋友想买几幅湘绣装点新装修的房子，于是约我同去沙坪。作为长沙人的我，当时也算是孤陋寡闻了，直到那一刻，我才知道，原来享誉世界的中国四大名绣之一的湘绣，竟发源于沙坪这个小小的乡镇。这也让我不禁好奇心顿起，迫不及待地便与朋友跨上摩托车，向位于长沙城北的沙坪疾驰而去。

当年的城北，还是荒凉的。狭窄的马路，低矮的民房，间或有一小块一小块光秃秃的菜地夹杂其间，如同稀疏的毛发中突兀的瘢痕，甚是难看。巧合的是，那也是一个细雨的秋天，雨水将凹凸不平的路面搅和得一片泥泞。一转进小路，城市的痕迹一扫而光，路肩下连绵的农田，瞬间将我们带入了陌生的乡村。

路，是崎岖蜿蜒的，时间，也被无限地拉长。好像走了很久，眼前才出现一个老旧的小集镇，这就是沙坪了。经过打听，我们才辗转找到了沙坪湘绣厂。同样低矮的建筑，只是门脸比旁边的民房稍显宽敞些。这一切，都给我留下了深刻的印象。

二十年了，我一边开车，脑海中一边回想着当年的场景，车窗外一掠而过的风景，却给了我完全不一样的感受。宽敞的四车道大马路，现代化的高架桥，路上车水马龙。就算拐进小道，当年泥泞的乡间小路，也被平坦的柏油路代替。茂盛的行道树两旁，依然是绵延的农田，却规划得整整齐齐，碧绿的荷塘点缀其间，尚未凋谢的花朵和新长出的莲蓬，迎风起舞。秋风袭进车窗，带来阵阵果实成熟的甜香。

车程似乎变短了。转了几个弯，一座古色古香的高大门楼，高傲地骑跨在马路中间，上书一行金色大字"沙坪湘绣文化广场"。停好车，站在一尘不染的广场上放眼望去，"湖南省沙坪湘绣博物馆""中国工艺美术湘绣大师楼"，以及大大小小湘绣企业的门店林立眼前。环视周围，立马将人带进古老的艺术氛围。

"绣花能生香，绣鸟能听声，绣虎能奔跑，绣人能传神"概括了湘绣形象生动逼真、色彩鲜明、绣工讲究、神形兼备、动静互彰的风格特点。它起源于湖南的民间刺绣，是汲取了苏绣和粤绣的优点而发展起来的，距今已经有两千多年的历史。民间更是有苏猫、湘虎之说。

跟着前来采风的作家们一行人，鱼贯进入"湘绣博物馆"，大大小小的湘绣藏品，瞬间吸引了大家的目光。馆中藏品，都是按照湘绣的发展史来排列，每一组作品，都代表了一个时代的特色，层层递进，向每一个观众无声地描述着湘绣的前世今生。

湘绣主要以蚕丝、纯丝、硬缎、软缎、透明纱和各种颜色的丝线、绒线绣制而成，其构图严谨，色彩明丽，针法富于表现力。在表现形式上，它强调写实，质朴而优美，形象灵动，结构上讲究虚实结合，巧妙地将中国传统的绘画、刺绣、诗词、书法、金石等各种艺术融为一体。在长期的发展过程中，形成了自己独特的风格，成为湖南乃至中国的"艺术名片"。

湘绣历史源远流长，可追溯到春秋战国时期。1972年，长沙马王堆西汉古墓中出土了四十来件刺绣衣物和帛画，说明在当时，湘绣就已经发展到了较高的水平。而馆藏的现代革新湘绣作品，更是清新养眼，令人驻足不前，流连忘返。

直到走出"湘绣博物馆"，大家仍依依不舍。在驶往"茶子山村"的大巴车上，一行人还是很兴奋，三三两两乐道于湘绣的悠久历史，喟叹于湘绣的精湛技艺。

车行不久，便靠路边停下。那是一个小小的街边公园，马路对过，林立着一排排崭新的民居。这就是茶子山村了，眼前的景象瞬间刷新了我一贯对农村的认知。

信步走进街边公园，紧邻的，是一大片荷塘。在现下这个时节，宽阔的荷塘，向游人们展现的是一派"菡萏香销翠叶残，西风愁起绿波间"的萧萧秋色。据说，茶子山村还拥有两百多亩油菜田，初春，这里就会成为游人赏油菜花的好去处。我在心里暗自叹息，我们来得不是时候，居然错过了两波花期。

回眸处，是一篇《茶子山赋》，短短百余字，向人们清楚地叙述了茶子山村的历史沿革和发展历程。赋曰："茶花盛开之时，山果硕累，赋予'茶子山'之称。"果然，我的猜测没错，茶子山村是因茶树而得名。但十分遗憾的是，随着村子产业形态的变化，多年以前，村里就已经不再有茶园了，只余零星数丛茶树，供已经富裕起来的村民制茶自饮。

离开茶子山村时，纷纷扰扰的秋雨，不知何时已停了。下一站，我们要去被称为"开福区东大门"的双塘村。

停车远眺，四面群山环绕，河流随山势流淌，山塘、泽地遍布山脚、田间，真是"眉黛敛秋波，尽湖南，山明水秀"，恍惚间，令人错觉穿越千年，仿佛置身五柳先生笔下桃花源中。

远远近近，晚凋的莲花粉嫩、饱满，袅袅荷香，随风而至，沁入心扉。只是路肩下，水塘里欢快转动的电动水车，引人疑虑。经当地人解释，方才释疑。原来，这是双塘人利用当地丰富的水资源，引进基围虾的养殖技术。经济类鱼虾养殖业，已在双塘村形成了产业链，不仅为美丽乡村平添了一道风景线，也为双塘人带来了安逸富足。

应我们的要求，村人捕来几尾基围虾，置于桶中。半透明的虾十分肥硕，活力四射，在桶中来回游弋，时不时高高跃起，弹起朵朵水花，引来众人阵阵欢笑。有人戏称：这真是白石老人的活画作呀。据村人介绍，这些虾尚未长成，还不到捕捞季节，再过一个月左右，虾成熟了，大多能长到成人巴掌长短。到时候，长沙各大饭店的餐桌上，就能新添一道美味了。

作别双塘村，我们出发去此行的最后一站——汉回村。

汉回村，是长沙唯一的少数民族聚居村。其历史一说可追溯到三百多年前，《长沙市志》载："相传明末清初时，明军中的回族将士因战争失利而离队落籍于此，世代繁衍至今。"又一说是距今一百多年，《长沙县志》载："回民来历因清代多次'平回乱'或随军，或逃亡进入长沙县聚居于捞刀河下游一带。"

车行至一处半山坡，绿树掩映中，一片透着异域风情的白墙绿瓦建筑呈现在大家面前。其中最大的一幢，便是"汉回村民俗文化馆"，馆不大，却承载了汉回村的百年变迁史，并向人们展示了回民不同于汉民的独特文化习俗。如今的汉回村，占地面积虽然不大，却是一个多宗教文化并存之地，不仅有清真寺，还有代表佛教的铁炉寺和代表中国本土传统宗教的道观。

近些年，乡村振兴的春风也吹到了汉回村。汉回村发挥村庄独特的资源优势，将具有民族宗教特色的旅游休闲与农业观光作为主导产业大力发展。火爆朋友圈的"然后森林"、清真特色"牛本味"，还有五星级农庄"和道源"，都蜚声长沙城，成为城市居民周末休闲的好去处。

在回程之前，我们得知，即将有一场赏菊盛宴在"和道源"的玫瑰园里紧锣密鼓地布展。看样子，这一波花期，我是不会再错过了。

离开沙坪，我觉得意犹未尽。沙坪二十年来的巨变，让我猝不及防，更让我无比欣喜。我期待着下一次的重逢，期待长沙城北这片山明水秀的土地，能为我带来更多的惊喜。

我和湘江有个约会

对于一个在湘江边长大的老长沙，我不知道别人如何，但我自己，于这条陪伴我长大的江，有着一种特殊的情感。这种情感，早已跟随岁月的脚步，融入我的基因，顺着血管流遍全身，时不时，会不自觉地流露出来。

在那个缺乏娱乐的年代，湘江和江边的景点，就成了我们这帮孩子的天然游乐场。

春天，万物复苏，褪下沉重冬装的孩子们也活跃起来。江边稚嫩的小花小草，都成了孩子们最好的玩伴。江水在身边静静地流淌，像个温柔的母亲，默默注视着孩子们忘我的身影。

夏天，骄阳似火，放了暑假的孩子们，如同出笼的小鸟，嬉笑打闹着扑进大江的怀抱，尽情畅游。跃动的江水，轻柔地托起孩子们的欢乐，一波一波送向远方。

秋天，橘子洲的橘树和江边的野果树硕果累累，低垂着沉甸甸的枝丫。被馋虫搅扰了一天的孩子们，相约放学后，三五成群，将一片欢笑洒向湘江。江水翻卷着浪花，轻拍堤岸，仿佛在为孩子们击节助兴。

冬天，南方的轻雪，将萧条的湘江边装点得斑斑驳驳，犹如一幅淡雅的山水画卷。孩子们在凛冽的江风中追逐打闹。树枝上悬挂的冰凌，都成了孩子们最可口的冰棍。此时的江水，异常地平静，仿若一个睿智的长者，不愿惊扰孩子们的快乐。

记得那会儿，父亲还很年轻。大概每个月吧，他都会挑一个风和日丽的周末，带我去爬岳麓山。父亲在前边蹬着自行车，我坐在后边，沿着江边一路疾驰。车子上了湘江一桥，江水就在我脚下了。桥栏杆将江面分成一格一格的。阳光在江面跳跃，偶尔，一下子蹦进我的眼中，刺得我不禁眯起双眼，睫毛的缝隙中，江面瞬间成了一大片悸动的金色。

大多数时候，我们都会从爱晚亭往上爬。深秋，漫山的红叶便会顷刻将我们带入"山径晚红舒，五百夭桃新种得；峡云深翠滴，一双驯鹤待笼来"的诗境。拾级而上，麓山古寺后就是白鹤泉。白鹤泉边古树环抱，石亭下一眼古井，泉水清澈，冬夏不涸。父亲告诉我，相传古时常有一对仙鹤飞至此，因而得名白鹤泉。有意思的是，若取泉水煮沸沏茶，氤氲的蒸汽会形成一对飞舞的鹤影，煞是神奇。传说是真是假，已无可考证，但小小的我却深以为然，记忆至今。

每每气喘吁吁爬上山顶，我都会兴奋地指着山下大喊"湘江，湘江"。是的，麓山绝顶，视野开阔，山脚的长沙城，一览无余。穿城而过的湘江，蜿蜒如一条半透明的白纱巾，闪闪烁烁，绕麓山山脚，一路向北。

放眼左右，江中心，如"大珠小珠落玉盘"般，点缀着一座座大小不一、郁郁葱葱的小岛。橘子洲、月亮岛我是认识的，其他岛屿，直到成年后好奇上网查找才知道，它们原来都是有名字的。网上对江心岛的数量说法不一，有说是十五座，有说是十六座，还有说是二十一座，但无一例外，都将兴马洲定为湘江入长沙段的第一座岛。

兴马洲，位于长沙市天心区暮云镇西南部，处于湘江中心，是江心岛。传说，兴马洲是一匹被楚王断尾的御马化就。能被王相中的马，纵然不是一匹千里驹，也必然是一匹出色的好马。这样一匹千里挑一的马，不能策马江湖，不能驰骋沙场，无法漫步山间，亦无法奔腾草原，只能穷尽余生，在湘江边焦虑地寻找被抛入江中的断尾，导致最终坠江而亡，化成一座小岛，千百年来，静静伫立江心，目睹人世沧桑。这无疑是一个悲怆的故事，不由得令人黯然神伤。

还记得，就在我上中学的前夕，由于父母工作变动，我们搬离了湘江边。随着学业吃紧，我接触湘江的机会逐年变少，偶得机缘路过江边，也多是匆匆一瞥。只是庆幸，我对于这条江的情感，并未稍减。直至成年后求学于麓山脚下，才如同重返母亲怀抱的孩子般，心安理得。

幸而，数十年来，我从未远离过长沙城，因此，得以亲眼见证湘江两岸日新月异的变化。据考，旧时湘江两岸皆为贫民聚集的棚户区，建筑物大多是杂乱无章的小平房，而两岸的堤坝，也都是杂草丛生，高大一点的植物，也多为自由生长的杂木林。近二十年来，随着湘江两岸的改造，两条美丽的江边风光带从南到北，沿江而下。几座形态各异、设计精巧的新桥，飞跨两岸，使得"天堑变通途"，也缓解了湘江一桥和北大桥的交通压力。鳞次栉比的高楼大厦，代替了原来低矮的平房。变幻的霓虹，繁华了这座城市，也迷醉了流淌不息的湘江水。

时间的巨轮，在忙忙碌碌中飞速前进。营营役役的人生，使人们无形中选择了忘却，忘却了闲适，忘却了本该留存在记忆中的点点滴滴。我，亦不能免俗。直到有一天，接到一个朋友的电话，说是她的新餐馆开业，餐馆就位于西湖桥旁。

西湖桥，这个深植于我童年记忆的地名，瞬间，令我的思绪飘向了远方。我怀着些许激动，打车前往。两行开业花篮，将不大的餐馆门脸装点得喜气洋洋，旁边的西湖桥路口，已经变得陌生。不经意间回头，对面的沿江风光带上，一幢雅致的仿古建筑，吸引了我的眼球。

以我有限的建筑知识，我看不出来这幢四层的飞檐古阁是仿的哪个朝代的建筑样式。只觉得，它的白墙红栏、棕色格栅窗，十分古朴养眼。"这是杜甫江阁。"朋友的声音从身后传来。

杜甫江阁，我恍然大悟。我怎么忘了呢？"风雨问当年，流寓星沙，客恨曾题临水阁。江山留胜迹，何分湘蜀，诗魂尚系浣花溪。"从入长沙，到魂归湘江，杜甫与长沙结下了不解之缘。当年的大诗人落魄潦倒，在他生命的最后岁月，他就寄居在西湖桥边湘江中的小舟和近港的佃楼中，还曾称佃楼为"江阁"。仰望杜甫江阁，灵魂仿佛穿越至盛唐。凭栏远眺，云掩薄雾，日照其中，橘洲景色一览无余，麓山英姿若隐若现。如今，"昔人已乘黄鹤去"，唯留一缕诗魂，让后人唏嘘缅怀。

现下，辗转经年，我又重回湘江之畔。日日晨起，俯瞰湘江，远山如黛，薄雾轻纱撩龙洲，两岸林立的高楼、横跨湘江的三汊矶大桥，又为这一番美景平添一分现代气息。傍晚时，日落西山，霞光四溢，绯红的江水美不胜收。

我是湘江的孩子，不管离开它多久，它始终都在我记忆中流淌。我相信，它也不会忘记我，那个常常在它怀中撒欢儿的少年。

妙 青

文学爱好者
长沙市作家协会会员
长沙市开福区作家协会秘书长
长沙市岳麓区美术家协会会员
资深瑜伽教练

定王台

150cm × 240cm

岁月变迁，定王台两千多年风雨沉浮，已封于历史的长河载入史册。但"望母台"这动人的故事、孝道典范却经久不衰，如湘水一般永流不息。

音

160cm × 120cm

街头巷尾，茶摊间，月琴入怀，口出圣贤！初识太闹，处
久便知恰如长沙人，热情似火，大气爽朗，心直口快。这
是有生活的年代，不应只是活着！

虹

160cm × 120cm

望城剪纸——剪下一抹红，落入湘江中，顺江入大海，流向世界，永存时空。

永恒

100cm × 120cm

仙姿佚貌玉碎珠沉
落下素纱惊凡尘

桥

一节拳击课结束，汗水顺着衣角滴洒成串。似乎，滴落的不是汗，而是满心的杂念。所以，我是喜欢这种状态的，甚至，是有些贪恋。从而，来上课的次数，从一周两次，变成了一周四次、五次。如果不是教练排课紧张，我是愿意天天来的。看似身体在全力输出，心，却是百分百地放松和安定。

拳击馆正好与家隔江相望。放在十年前，来一趟可能要周转两个多小时，现在却只要十五分钟左右。这一切，得益于 2012 年 11 月 20 日，在大河西先导区内的滨江新城与湘江东岸开福新城之间开通了一座双向六车道风撑三连跨的福元路大桥。

我住在桥的西岸，拳击馆在桥的东岸。

每次训练完，正好傍晚时分。若是晴天，驾车来到桥上，西北边天空在晚霞的辉映下，云朵呈现出火焰般的橘黄、嫣红、玫瑰紫……深深浅浅，往下便是满江落红，氛围感拉满。橘色的风撑，如同少女的微笑，腼腆而又神秘。桥身两边的跨栏，仿佛连接成天梯，行进中，好似踏着那梯子迈向云端，置身童话世界。霞光映入心间，心，透亮而又温暖，轻松、喜悦，油然而生。

遇上雷雨天，天空那翻滚的云朵，似染满了青黛，升起层层青烟。风在嘶吼，在狂奔，它要带走的，不仅仅是那如中了毒的云，还有满世界没有扎根的杂物。瓢泼大雨，狠狠地砸下，好似要洗净所有的伤痕。就连那江水都在跳跃，不知是惊恐，还是喜悦。在这风起云涌的世界里，只有眼前的桥，冷静而又坚定地横跨江面，不惧风雨，穿过眼前的一切，伸向前方。我知道，它，可以带我回家……

今天太忙，白天实在安排不过来，但训练怎可少？大夏天的晚饭后是不错的选择。走过夜间的福元桥，又是另一番景象，它更多的是，让我想驻足。于是，决定今天不开车，我要走路回来。

晚间九点，结束了训练，心中的小鸟带我飞到了桥边。轻快地踏着人行梯，来到了桥上。风，夹杂着夜的江水，透过毛孔，穿过我的身体，让我瞬间陷入这夜色中。轻闭双眼，屏住呼吸，掠过世间喧嚣。江水拍打着堤岸，与落入江中的梦轻言，捎它去向了远方！风在低声吟唱，带来了它一路的见闻。我轻缓地坐下，放松的身体，仿佛融入了桥。我们一起听水闻风，守望星空。

一阵铃声响起。我拿起手机，电话那头，传来孩子们让我快回家的期盼。我起身，沿着桥往家走。江两岸高楼中，亮起的灯光，如繁星闪烁。还有那玻璃幕墙，翻转的炫彩画面，让人沉醉。江面映着斑斓的灯光，随着江水奔流的脚步，调皮地闪动着。桥下，传来人们聚集在一起欢快的歌舞声。

走到桥的中间，两边人行道上，有十几二十位夜钓爱好者，正专心地垂钓。这个位置，也是最亮的。抬头，橘色的三连跨在五彩的灯光渲染下，如彩虹般悬于夜空，是惊艳的。桥上，车如长龙在奔跑。夜，虽渐深，世间，却依然忙碌着。走了大半个小时吧，我走下桥，拦了辆出租车赶回了家。

　　走在福元路大桥上，就是让精神享受一次愉悦之旅。每过一次桥，我的心，就离云端更近了一步。这座桥，不仅让我的出行快捷，生活方便，更让我的心，找到了方向。相信，走过它的人都有被它触动的瞬间。

沙坪之行

一颗栗果，笑开了嘴角，落在林间小道上。油亮的栗色，在萍水相逢间映入了我的眼帘，带来意外的小惊喜。

我小心翼翼拈着有些干枯的刺尖，将它拾起。嗯，看相不错。寻来一根小树枝当工具，从栗壳中取出两颗饱满的栗子，分享给同行的伙伴。

大家喜于这意外的收获，开始讨论板栗的成熟期。有人说要熟透脱落，按理还得缓缓。那也许是风，传来了消息，有他方的客人将要来往此地，栗子热情洋溢，提前成熟落地，奉献出自己的成果，招待真诚的朋友。

一根差不多半米高的波斯菊，在微风中摇曳着身躯，尽情地展现着它那艳丽的玫红色花瓣，在道路边已干枯的小沟里，像位边防哨兵一样，坚守着自己的阵地。

听沙坪街道党工委书记介绍，往年，道路两边都会种满鲜花，这个季节，正是一片花海之象。今年，已经连续快三个月几乎没有下过雨，播种的小花都已干死。唯独它突破生存的困阻，依然鲜活美丽。

一只大白鹅，守着一片竹林静静地站着，看向从它门前马路上行驶过的客车。眼里，也许有期盼，也许有好奇……但，它始终没有越过那道不高的围栏。也许身后有家，给了它坚守的信念。

一串皂荚，抖擞着它的身体，仿佛在指挥着大军。顺势望去，的确浩荡，但不失有序。惊叹这平静中的千军万马，平凡，团结，听从指挥。

一株马齿苋，没有特别被关照，凭着自强不息，竭尽所能，吸收着大地的养分，舒展身姿，沐浴着阳光雨露，长出一副自然、沁甜的姿态，成功撩动了慧者的味蕾，实现了生命的升华。

一切都那么寻常，一切又都不那么寻常。平凡中承载着伟大。

今天，我们脱离了现代交通工具的助跑，步步丈量着在这里经过的每一寸土地，收获着一个个小惊喜。如同一片片钥匙，打开扇扇心扉。走进这里，一切自然而然，顺境而缓。脚步不再急促，心神不再焦虑，连呼吸，都开始轻柔而深长。

来到双塘村，眼前，农家不再只有傍山而建的小院。小院旁，还有新修的小洋楼，彰显着主人生活的日新月异。门前水泥道路，平静整洁。各种爬藤小野花，萦绕在院墙上，装点着烂漫的乡村。道路间的小溪，水流潺潺，不少垂钓者，正专心致志地等着鱼儿上钩。虾稻种植田边的水塘里，翻滚着一团团水浪，给宁静的乡村轻奏着欢快的乐章。村民热情地捕捉来塘中的对虾，个头矫健肥硕，简直让人垂涎欲滴。大家谈论着乡村的美，列举着虾的各种吃法。一阵阵爽朗的笑声，给乐章增添了生动的旋律。

这一切的美好，都离不开沙坪人的辛勤付出。沙坪人的美好品德，在沙坪湘绣上，更是体现得淋漓尽致。

湘绣本是湖南省著名的手工艺品，是中国四大名绣之一，是勤劳智慧的湖南人，在几千年的历史发展过程中，精心创造出来的，具有湘楚文化特色的民间工艺。它以质地上乘，风格独特大气，色彩浓郁，针法多变，表现的物象生动自然，且历史悠久而饮誉世界。

湘绣有八十八种原色，七百四十九个色阶，是中国绣品中，唯一能够做到有颜色就有丝线的刺绣。丰富的色阶与材料，配合上湘绣独有的掺针法，在需要颜色过渡的地方留出空隙，用针脚将不同的颜色和色阶的丝线搭配。湖南平江人李仪徽，便是这掺针法的发明人和开拓者。

新的湘绣更是把中国画的优良传统移植到绣品上，巧妙地将国画、刺绣、诗词、书法、金石等各种艺术融为一体，妙生出"绣花花生香，绣鸟能听声，绣虎能奔跑，绣人能传神"的刺绣。

据记载，早在两千五百多年前的春秋战国时代，湘绣就是封建朝廷的贡品。长沙马王堆西汉古墓出土的数十件刺绣衣物，堪称举世绝伦的艺术杰作。长沙市当年还有省湘绣厂、省湘绣研究所、长沙县湘绣厂，绣工们很多都是沙坪乡绣女。沙坪有几千年的湘绣出产历史，有"中国湘绣之乡"的美誉。

柳敏姑是长沙东乡沙坪人。工刺绣，多绣日常生活用品，式样新巧。尤擅长绘制蝴蝶，所绣百蝶图，姿态各不相同。晚年的她，专剪制蝴蝶鞋样，有数百种之多，由卖针线的"货郎鼓"批发到长沙城及周边乡村，妇女们争相购买，流行极为广泛。当地有"张娭毑麻线，柳敏姑鞋面"的俗语，可见其手艺的信誉。柳敏姑对湘绣工艺在湘绣始创时期的日用品工艺普及应用与推广，发挥了很大的作用。

当我们走进沙坪湘绣博物馆时，一幅幅动人的绣作，人物、动物、场景……色彩明朗，层次丰富，光影直达意境，创意诠释着思想。不得不让人惊叹：这巧夺天工的绣品，是何方神圣之作，竟可用飞针走线来完成？

看那用湘绣绝技鬅毛针法绣出的老虎，毛发生动逼真，一端粗疏、松散，一端细密；一端入肉，一端绷起。层层加厚，虎毛力贯毫端，毛色斑斓，花纹栩栩如生，质感超强。那透着蓝光的水母，瞬间将人带到了幽静而又神秘的大海深处。还有那落地摆放一人多高的异面绣，更是不可思议。

站在一幅幅绣品前，时间似乎凝固。不敢轻言，怕惊扰了那融进绣品里的魂。仿佛能看到绣娘那忘我的身影、无欲无求专注的神情、平和的心境、精准而又娴熟的手法。敬仰之心，油然而生。透过这一幅幅绣品，看到的不仅仅是手艺的千年流传，还有精神的传承。

不到一小时的车程，我们便恍如出世。回归乡村，回归自然，体验了一把身、心、灵的洗礼放松，更是感受了湘绣的魅力，同时，也领略了乡村振兴带来的山乡巨变。

闲话定王台

对于长沙，我应该算个外来者。而对于我，长沙却是我的第二故乡。虽然梦里家是儿时的那所小砖房，但醒来家就是脚下的这片土地——长沙。在这读书，在这工作，在这结婚生子，不出意外，计划是要在这一直待到离开这个世界的。

然而，来到这座城和留在这座城，都不是当时计划里的和预料得到的。高考时，也许是命运的安排，我的专业科目考得一塌糊涂。有些失落的我回校去搬生活用品时，在镇上，遇到了几位班上比较调皮的同学，问我去哪上学。我说，"没学上了。"于是大家吆喝："我们一起去涉外吧。""涉外在哪儿?""在长沙呀。"

于是我来了。我们称简的"涉外"，就是湖南涉外经济学院。

大学的最后一个学期，有很多长沙本地企业、单位到学校办招聘会。室友们都忙着准备简历去应聘，我压根就没有留在长沙的念头。那应该是个周末，对铺的室友去投简历了，我就在宿舍睡觉。

晚饭时间到了，去招聘会的室友回来了，刚好可以一起去吃晚饭。她却让我陪她先去取照片，正好我也照了一份没取，那就一起去吧。取了照片，她说还要送到招聘会那里。有家单位，她通过了初选但她没交照片，人家让她补送过去。于是，我们又一起去送照片，给了照片正准备朝食堂去。那人叫住了我们，长啥样忘了，只记得是一中年男性："同学，你们是一个班的吗？""是呀。"我们异口同声回答道。"那你有带照片吗？"他看着我问道。"有啊。"我疑惑地回答。"那你也填一份资料吧。"说着，他递给我一张表格。我有些犹豫，但是室友却激动地叫我快填，还小声和我说："我们从早上排队报名，经过几轮淘汰，到下午 5 点多结束才争取到机会。你啥都不用干就可以填表，还不快填？"她讲得好像很有道理，似乎天上砸下个大馅儿饼在我头上，不吃都对不起老天爷似的。那我还不就赶紧填了？连单位叫什么名都没看清楚。后来吃饭时，问室友才知道是长沙移动公司。

　　就这样莫名其妙，我开始了实习。我们一起赶最早的那班车，去妙高峰移动公司参加岗前培训。到达公司前，我甚至都不清楚这到底是一份做什么的工作，只知道和手机有关。培训有一个月的时间。培训结束前记不清因为什么室友放弃了，去了深圳。而我却留了下来。这也就成了我的第一份，也是到目前，我干过的唯一一份正式工作。一干就是八年。

　　在这八年间，我大概有六年的时光，租住在东牌楼。离我上班的地方，就是穿过一条黄兴路步行街的距离。所以上下班，我都用"11路"。有时下班早，兴致也还不错，就会到步行街的周边去看看。去得最多的，就是定王台书市。所以，最初"定王台"在我这个外来者心里，就是一个卖书的地方。为啥叫定王台这个名呢？难道，知识的分量如此重吗？哎！无知的揣测有时虽然可笑，但乐在其中。

　　2007 年夏天，公司拍摄宣传片。因为怕白天天气太热，一清早参与拍摄的八个人，就来到了取景地天心阁集合。拍摄很顺利，早早就结束了。时间还早，我们同部门的四人邀着一起，往北向不远的定王台书市逛逛。同行的成员里，有位能说会道的"老长沙"，他家世世代代，都住在南门口。一路上他介绍着每条街，和街上值得一去的店铺。说到吃的，一想我们还没有吃早饭呢，我们一行来到老长沙口中味美汤鲜的"无名粉店"总店。一进门，一阵凉意扑面而来，正好解了走得满头大汗的暑。虽已过了吃早饭的时间，但依旧宾客满座。我们环顾了一周，终于发现在角落，有一桌客人刚走，我们围桌而坐，点餐，等面，开吃。

我们边吃边聊，讨论着到书市想买的东西。我顺口提了一句："一个卖书的地方为何取名定王台呀？"大家一起看向我们的"老长沙"，他露出一丝得意的笑，于是关于定王台的解说开始了。他放下手中的筷子，不紧不慢地说道："定王台书市，起源于 20 世纪 90 年代末，位于解放西路和建湘路交叉口，浏正街的南侧。"边说还边用手比画着位置，"在浏正街的小巷深处，有一地名为'定王台'。这里呀，有史以来就是那些个文人喜欢去览胜的地方。"他停了停，喝了口水，双手落在了桌面，身体向前倾了些，继续慢慢道出："而真正的定王台旧址，在芙蓉中路高架桥东侧的长沙市图书馆，也就是书市的东北方向，我们现在就在它的西边三百米左右。"

"你们知道定王台的土哪里来的吗？""老长沙"故弄玄虚看向我们，卖弄着他的学识，小声问道。我们也都很上道，跟着问道："不知道，怎么问这么奇怪的问题？赶紧说说哪儿来的。"他接着说："这土呀，可不是长沙城的，这可是当年从长安城一车一车运来的土。"越说越让人觉得离谱，我心想：为何千里迢迢运土呀？这里没土吗？附近没土吗？长安的土有什么不同吗？不过他这么一说，我们大家都来了兴致，干脆都放下筷子，擦干净嘴巴喝了口水认真听他讲了起来。我们三位女生同样都是外地人，不知道这长沙人尽皆知的故事。

他也喝了口水，接着一口气说了个深入人心的弘扬孝道的故事。

"定王台"也叫"望母台"，是两千一百多年前，西汉文景之治中的汉景帝的儿子刘发修建的。刘发的母亲是一名侍女，身份卑微。一名宫廷侍女能诞下龙子这又是为何呢？源于一次汉景帝召幸程姬，但是程姬刚好身体赶上了不便的几天。程姬不能侍寝，但又不可违了君意，便临时想了个办法，让自己的侍女唐姬代替去侍寝。谁知好不巧，唐姬居然怀上了，生出来还是男孩，这才有了刘发。但汉景帝有十几个儿子，因唐姬的身份不好，也就注定了刘发比其他兄弟皇子卑微。所以刘发被他老爹汉景帝选中，封到我们这里为王，但当时的长沙是南蛮之地，低湿贫困，连大才子贾谊被贬长沙后，都整天牢骚满腹地作诗抒发愤懑之情。

长沙王本是西汉的开国功臣吴芮，吴氏一族经营长沙近一个世纪，历五代，可不承想，到了汉景帝之时断了子嗣。汉景帝选了儿子刘发来"扶贫"。在长沙的日子里，刘发并不因为母亲的卑微，让自己封王这偏远的贫穷卑湿之地而有怨言。日子一长，刘发反倒思母心切，"楚山湘水隔长安"，即便那迢迢湘水，也无法寄去他对母亲的思念之心。于是，刘发挑选上好的南方大米运去长安，孝敬自己的母亲。每次顺带着再从长安运土回长沙。一千五百多公里，想想都有点不可思议。土运回长沙后，刘发在长沙城东选一处高地填土筑台。夕阳西下，登台北望，遥看母亲的方向寄思母之情。故称"望母台"。刘发做长沙王二十七年，忠于职守，境定民安，得到百姓和朝廷的赞赏认可。刘发死后，谥号为"定"，追谥为"长沙定王"，所以命名"定王台"。

原来如此，终于解了我对定王台的误猜。一个故事听完，我们听得意犹未尽，继续追问："那后来呢？后来定王台去了哪儿？"因为老板要做生意，虽然已经没有几人进来点餐了，但总觉得坐久了不太礼貌。也可能"老长沙"讲累了，后续就说得简略了些。

后来台废址存，改名"定王冈"，冈前还建有一座定王庙，庙里长年香火不绝。到了宋代，庙废了，又在这里建立了长沙学堂。南宋的朱熹当年讲学岳麓书院路过定王台时还留诗一首，大概记得前几句："寂寞番君后，光华帝子来。千年馀故国，万事只空台。"

学堂呀又在元初迁走了，另外在废址上建了个廉访司衙门。明朝时，定王台则一片荒凉凄落的景象了，直到清朝嘉庆十九年，湘潭人周廷茂倡议众人重新修缮，定王台又开始兴旺，可日后渐荒芜。光绪五年，道台夏献云又领头捐款修复，并新建一栋大楼，作为文人觞咏吊古的地方。清末，定王台又改设为湖南图书馆，那可是中国最早的公共图书馆。1912 年，毛泽东还在这里度过了半年自学的日子。到了南北军阀战争时期，这里又被占为兵营，弄得乱七八糟。1938 年，长沙"文夕大火"把它烧了个精光。1980 年，政府在定王台旧址上修建了长沙市图书馆。

"差不多了，我们走吧，我要回公司了，还有个事上午要处理。""老长沙"停了讲解提醒大家。看我们不舍的样子，"老长沙"说下次有机会继续给我们讲长沙的故事。书市没逛成，但大家都觉得听故事比逛书市更有意思。一晃，这一日已经过去十多年，市图书馆也已搬到北辰三角洲去了。

岁月变迁，定王台两千多年风雨沉浮，已封于历史的长河载入史册。但"望母台"这动人的故事、孝道典范却经久不衰，如湘水一般永流不息，也给我们这长沙城的外来者注入温情，让我们爱上了这座城。

陈　敬

湘江两岸读书、教书、出书
三书度一生
湘江西岸咸嘉湖、桃子湖、后湖、洋湖、味湖
活出五湖人生

格局

115cm × 170cm

金牛山的云，昭示后湖艺术家远行。

云天

115cm × 190cm

后湖 2022 年的
天空。领悟希
望的力量。

漫岩后湖视角一二

　　岳麓山南侧的后湖东岸，漫岩艺术馆面世于 2021 年 5 月。我零基础入门一年半，老师引着宠着学友们，涂鸦，临摹，创作，踩着进一步退两步再进三步的节奏学习油画。我居然能创作出"漫岩后湖视角"，自己都不相信这是真的。

　　漫岩艺术馆通透明亮，胜揽后湖全景，仰望麓山南脉。馆内人文环境与外部天然风光融合，引发遐想无限。

　　漫岩视野天际线左下的山，从麓山的白鹤泉南来，陡峭而下，似拔地竖起的牌楼。我在师大附中读书时，喜欢跟中南矿冶学院子弟由这里爬陡坡上山去云麓宫看长沙。那是一群意气风发的少年。

　　牌楼山（古人取的名）向南延伸而出，低矮形象如牛，有一个响亮的名称——金牛山。金牛身躯起伏，双腿伸进湿地里的后湖（也是古人取的名）。漫岩艺术馆正面平视着后湖西岸艺术大师们的群落，有点儿不好意思的意思。如是，金牛山上的云势谓之"格局"，入局还是出局，抑或胸怀更大，让时间回答。我仅仅怀抱习画快乐时光。

　　湘江北去，入洞庭汇长江奔大海，在长沙流域布下天罗地网的湖泊。随着城市化进程，东湖、咸嘉湖（原名韩家湖）、石燕湖、千龙湖、松雅湖、金井湖、乌川湖、枫林湖、赤马湖、尖山湖……后湖，脱去旧裳换新颜，统称为市民公园。

后湖有后发优势，即岳麓山之灵气和大学城的文气。早些年这里养鱼，网状结构的破房烂泥路遍布四周。托福政府给予迁出农户招接艺术家的政策，后湖区域的原住艺术教育匠跟着政府真抓实干、投资改造，渔场华丽转身，成为艺术园。

漫岩艺术馆创始人林子集先生，是雪峰山脉大湘西飘来的精灵。她积二十多年闯艺术市场的财富和精神追求，把农舍的边房改建成绘画工作室加艺术馆的模样。由起步于农舍的绘画教培，升级到以研习创作为重。

夕阳下，我坐在漫岩艺术馆发呆，最喜欢湖心红桥。从桥肚折入湖心略带紫色的红波向上望去，桥顶层的本色红似云梯，越上金牛山背脊连着天空落下的金红色阳光，形成小小巧巧的红桥、大大的空间视觉，天边"落红"尽收眼底。

漫岩艺术馆背靠沿麻园路全线贯通的智能科技研发产业园，西眺与岳麓山文脉连绵的大学群落。漫岩人抬头望天空，爽朗的笑声从云天滚落入后湖，激起飞翔的翅膀，这是一群后起艺术少年之翼。

月 琴

湖南省油画学会会员

长沙市作家协会会员

长沙市开福区作家协会理事

隐

115cm × 60cm

仰观宇宙之大，
看星辰起落。
俯瞰人间烟火
升腾，思湖湘
百姓之福祉。
虽位卑，而不
敢不思人先。
居深山而不愿
浑然度日。

岛

118cm × 115cm

壬寅年深秋，和友人坐船同往湘江游玩，见小岛欣喜而
登，柳树迎风舞，江水碧绿，倒影中柳树婀娜的身影，
在被风吹起的涟漪中摇曳。和友戏言：五柳先生可做五
柳岛主了。

浮光

118cm × 115cm

入眼处是一片苍茫的绿色，小船左下角长着一片茂盛的水草，这些调皮的小精灵在江边悄悄探出了头，被水浸润出可爱的绿色，带着蓬勃的生机。向前看去，一座小岛安静矗立在江水中，风带来蓬蒿的种子，装饰它的身体，不知名的鸟儿在它身上歇息，共同唱着生命的歌谣。一轮红日在它的身后慢慢升起，逐渐照亮了这绿色而古老的画卷，伴随湘江延伸到遥远的北方。

纱厂旧事

118cm × 115cm

1912 年，由老同盟会会员、湖南都督府参议员吴作霖先生提出
"痛外货之充斥，生民之穷困"，随后创建了最初为官商合办的经
华纱厂，1913 年更名为湖南第一纱厂。有着百年历史的湖南第一
纱厂，高大的门楼和两栋办公楼组成的建筑群，在"文夕大火"中
逃过一劫。2005 年，该老建筑被长沙市政府列为文物保护单位。

缘起星城

　　壬寅年深秋，与友人同游湘江，途中偶登小岛，见柳树迎风起舞，江水碧波荡漾，倒影中柳枝婀娜的身影，在被风吹起的涟漪中摇曳。和友人戏言：五柳先生可做五柳岛主了。寻小路蜿蜒而上，尽头处停放着一艘小木舟，这是何人放在此处？是渔民？还是一位有着闲情逸致的文人墨客？若待风和日丽之时，放舟于水上，任清风徐来，水波不兴，赤脚于微凉江水，看小鱼三五成群，或高歌一曲，或横笛自娱，与至交好友，置酒于船，猜谜吟诗，这又是何等美好的光景。

　　沿湘江前行，入眼处是一片苍茫的绿色，小船左下角长着一片茂盛的水草，这些调皮的小精灵在江边悄悄探出了头，被水浸润出可爱的绿色，带着蓬勃的生命。鱼儿在其间穿梭游弋，受到小船的惊扰后，立刻拨开柔软的水草，躲进这青翠的水底。

　　向前望去，又一座小岛安静矗立在江中。千百年随着水流而来的泥沙，沉积堆砌起这座小岛。风带来了蓬蒿和各种野草野花的种子，装饰着它的身体，鸟儿在它身上歇息繁衍，黄莺、麻雀、翠鸟和不知名的鸟儿一块叽叽喳喳地唱着生命的歌谣。

　　顺着湘江水，寻找历史的痕迹，来看看一百多年前的湖南第一纱厂。1912 年，由老同盟会会员、湖南都督府参议员吴作霖先生提出

"痛外货之充斥，生民之穷困"，随后创建了最初为官商合办的经华纱厂，1913 年更名为湖南第一纱厂，1948 年改名为裕湘纱厂。2005 年，该老建筑被长沙市政府列为文物保护单位。

有着百年历史的湖南第一纱厂，高大的门楼和两栋办公楼组成的建筑群在"文夕大火"中逃过一劫，作为湖南省近代工业发展的代表，带着厚重的历史感出现在我眼前。一颗硕大的五角星浮雕镶嵌在门顶横梁的正中间，让我想起了那个激情燃烧的岁月，想起了父辈抛头颅洒热血的那个年代。岁月的车轮滚滚向前，弹指间沧海桑田。

湘江宽阔的江面，将长沙城分为东西两岸。与裕湘纱厂隔江而望的，便是开福区。曾经贫瘠的北丐，早已成为如今令人瞩目的北富。

东岸，伫立着那建于唐朝的开福古刹。远远望去，黄色的琉璃瓦在阳光的照耀下，发出闪闪的金色光芒。小尼姑踏着长满青苔的石阶，缓步向上，跨过漫长的时空，从远古的时代走向我们。那石阶，承载了多少年的风雨？那古刹前的香炉，聆听了多少声祈祷？佛香染进院墙，小尼姑撞响古钟，一声一声，回荡在天成的古街之上，一圈一圈，佛音萦绕在耸立的高楼与悠悠的青山之间。

指尖抚过那饱受风雨吹打的院墙，我不禁想象，千百年的岁月里，多少小师父曾抚摸过这庙墙？是否也有如我一般的女子，发辫与裙摆轻盈，穿过高墙大院朱门去聆听佛音？

他们在那宝相庄严的佛祖面前会许下什么愿望呢？是精忠报国的雄心壮志？执子之手，与子偕老的情思？还是家和万事兴的愿景？抑或只是岁岁年年人相似那对幸福的期盼？

开福寺，这座古刹凝结着人们千百年的愿景，那是对幸福的向往，是对踏上这条路的期待。

更远处是绵延的青山，伴随湘江延伸到遥远北方。一轮红日在它的身后慢慢升起，逐渐照亮了这古老的画卷。

轻轻低下头，仿佛依旧能看见青龙偃月刀在水中沉浮。那青龙遇水则活，在水中沉浮起落。再回头，却看见那红面美髯的关二爷，坐在赤兔马上，遥望长沙城。

　　彩色的丝线如蝴蝶般飞舞，绣娘纤细的手指拈着那彩蝶，引着它们在白色的丝绸上飞舞。绣花能生香，绣鸟能听声，绣虎能奔跑，绣人能传神。我看见一只只湘虎在舞蹈中跃上丝绸，它们追逐打闹着，嬉戏着，加入这场美的舞蹈，它们舞着，舞着……

　　辗转来到浏阳河边，美丽的月湖畔。穿行在世界之窗里面，似乎可以忘记一切烦恼，各色有趣的主题节日重新诠释着各国的传统文化，让我尽情享受异国风情和文化之美，游乐设施让我尽情尖叫和欢笑，释放掉在繁忙的生活中的压力，孩子们欢笑打闹着从我身边穿过，我坐在长椅上，看着他们的笑脸，似乎童年的列车让我再次搭乘。

　　海洋乐园里，各种奇妙的海洋生物畅游在里面，轻轻触碰着玻璃，看见鱼儿自手边穿过，波光粼粼的水里，是一个奇幻而又瑰丽的海洋世界。"妈妈，那是什么鱼啊？"我听见孩子天真的声音，转头看去，红色的小鱼调皮地穿行在水草间，孩子发出惊叹："我将来想去更远的地方研究这些鱼儿。"

　　梦想的种子在这一刻被种下。

　　走在街上，湿润清新的空气让我心旷神怡。刚刚放学的孩子们，嬉笑打闹着路过我的身边。一江四河，流淌过这开启幸福的地方，十湖十园，点缀在那共同富裕的家园。

　　"惟楚有才，于斯为盛"，科教兴国，文化创新。时代的洪流在滚滚向前，大江淘尽多少风流人物，时代推着人向前，带来了挑战，也带来了机遇。

　　如今的我们自强不息，迈着坚定的步伐走出了长沙，走向远方，走向世界。一路走着，获得多少惊艳的目光。

彭淑雯

自动化高级工程师
长沙市作家协会会员
长沙市开福区作家协会会员

梦幻乡村 （一）

115cm × 100cm

梦幻乡村（二）

115cm × 100cm

梦幻乡村 (三)

90cm × 70cm

沿着直直的柏油路，拐入家乡的小路，一条弯弯的小河围绕着整个村庄。沿着小路，进入村庄，河水倒映着村庄里星罗棋布的农舍。放眼望去，浓墨重彩，由浅入深。小路两旁，桃花垂柳，相互点缀，微风轻抚，悠然自在。村庄内田园阡陌纵横交错，花红树绿，鸟语花香。村庄内路面宽敞，干净。喜鹊的叫声、青蛙的呱呱声、麻雀的叽喳声、狗叫声，夹杂着妇女们叫小孩子吃饭的叫喊声，此起彼伏，好一片宁静祥和又不失繁华喧闹的人间仙境。

千年古镇

115cm × 80cm

避开喧嚣的闹市，放缓生活的节奏，漫步在青石铺就
的街头，青砖碧瓦，炊烟袅袅，听一声"喝甜酒咯！
新鲜的甜酒！"声声脆脆，如醉如痴。

远去的背影

　　近期，我有幸接到漫岩艺术馆的通知，要举办一期以湖湘历史文化传承为主题的油画创作展——"湘江北去"。我作为农村出生长大的人，见证了农村近年来翻天覆地的变化，特别是振兴乡村、建设美丽乡村的题材很多。于是，我背起了绘画工具，准备再次回到家乡。

　　三十多年前，自我收到大学通知书，就开始一次次把背影留给了父母，留给了家乡。读书求学，上班工作，结婚生子，直至退休。如今父母不在，但家乡的情怀，儿时的记忆，总在心中不断回荡。

　　驱车沿湘江北上，过湘阴屈原农场，紧临汨罗江西边，便是我的乡下老家屈原村。屈原村与荻湖、南湖村相连，被一条小河紧紧围绕着，像立在湖中的小岛。

　　老家是一片平原。沿着直直的柏油路，拐入家乡的小路，一条弯弯的小河围绕着整个村庄。沿着小路进入村庄，河水倒映着村庄里星罗棋布的农舍。放眼望去，浓墨重彩，由浅入深。小路两旁，桃花垂柳，相互点缀，微风轻抚，悠然自在。村庄外田园阡陌纵横交错，花红树绿，鸟语花香。村庄内路面宽敞，干净。喜鹊的叫声、青蛙的呱呱声、麻雀的叽喳声、狗叫声，夹杂着妇女们叫小孩子吃饭的叫喊声，此起彼伏，好一片宁静祥和又不失繁华喧闹的人间仙境。

从前的村庄，却是另一番景象。时光的快车将我带向遥远的记忆里的家乡。那个时候的家乡，大部分是泥砖瓦和茅草相结合的房屋，泥砖瓦结构的房子用来住人，旁边搭建的茅草屋用来养猪、牛、鸡、鸭和做厕所用（所以称为茅厕），但有的茅草屋也住人。

由于村子处于湖区，没有山和树遮风挡雨，湖中雨水又多，一到春夏雨季，外面下大雨，茅草屋里面就下小雨，而且特别怕刮大风。记得有一年，村里连续下了几十天的雨，大风嗖嗖作响。由于家里新盖的茅草屋屋顶的草没有压实，经不起不停地刮大风。忽然，一阵狂风，将屋顶的茅草连同屋顶一起吹进了小河里。当时只有小姐姐和老母亲在家，她们只好拿着晾衣服的竹竿，去河边打捞，切实上演了一出"茅屋为秋风所破歌"。这样的情况，村里时有发生。

当时每家每户孩子多，但粮食少，很多家庭锅里面都是一小半大米，一大半红薯。即便这样，很多小孩子还是时常有吃不饱的时候，每到青黄不接，大人们就相互借米下锅，并将米饭留给小孩子，自己吃没有放油的小菜、蚕豆等杂粮充饥。

村子里面当时全是泥土路，路上坑坑洼洼，出门走一圈，晴天一身灰，雨天一身泥。道路两边，水沟里，河水边，到处都是猪、牛、鸡、鸭粪便，一到夏天，整个村庄散发着阵阵臭味，一公里以外都能闻到。唯有晒谷坪，是我们小朋友可以玩工兵抓强盗、跳房子等游戏的场地。记得小时候，上学排着队去学校，要从晒谷坪跨过一道水沟，经过一个大粪坑，再沿着粪坑边的小路，才能走到马路上到学校。一次，当我跳过水沟时，由于用力过猛，不小心掉到了粪坑里，害得我妈妈在我身上泼了几十盆水，还感到臭气熏天。从此，我发誓，一定要考上大学离开这个鬼地方。

光阴荏苒，四十多年过去了，每年几乎都要回几次老家看望父母兄弟姐妹。每次回来，家乡都在悄悄发生着变化。先是泥土路不见了，换成宽宽的水泥路，道路两旁栽种着各种各样的花草树木。村外边，砌起了垃圾集中堆放点。原来的茅草屋、泥砖瓦房不见了，取而代之的，是一间间的两层楼房，楼阁玉宇，雄伟挺拔，再也不怕刮大风下大雨了。

小学同学建了一个群，每次回家，同学们不时送鸡、鸡蛋、蔬菜和土特产，表达着深厚的情谊。他们告诉我，现在不是那个吃不饱、穿不暖的年代了，现在政策好，田里收成高，还有政府种田补贴。现在是家家有余粮，厨房有腊肉，菜园有蔬菜，笼里有鸡鸭，湖里有活鱼。崽女们都在外地工作或读书，生活富足。每次同学们总有说不完的话，唠不完的家常。

村里也响应政府的号召，陆续进行了厕所改造，并采取了科学养猪、集中养猪、批量养猪的形式，加大了养殖业对大环境和舍内小环境要求的投入力度，避免了粪便、粪水的外流，路面自然清洁了。

新农舍的房前屋后，也都种植了各种好看的花草，芙蓉花、夹竹桃、菊花等，还有叫不上名字的花。每家每户菜园子都用竹竿围起，形成一道篱笆风景线。村庄外面的小河里，倒映着村庄建筑和植物，波光粼粼，清澈明亮。

发小告诉我，家乡从改革开放以来，将剩余劳动力贡献特区建设，又得到上级政府各项政策红利，全村实现了脱贫目标，很多家庭走上了致富之路。特别是近十年来，村里紧紧围绕乡村振兴战略，以完善美丽乡村示范为目标，着力推进屈原文化，使得屈子精神厚植乡村每一个环节，并持续推进移风易俗，远离酒桌、牌桌，亲近书桌，漫步广场。后续更是大力推进"三治两结合"，整合自治、德治、法治功能，完善村规民约，涵养文明乡风，培育淳朴民风，建设良好家风，村民素质不断提高。持续深化农村人居环境整治，提升行动力，推进美丽乡村建设，实现人居环境品质的提高。据说，这样的美丽乡村建设，已经是每个村镇的首要工作任务呢。湖南更是有十二个美丽乡村入选全国最美休闲示范乡村之列，真是"乡村振兴，每年都有新答卷"呵！

漫步乡村小路，不禁思绪万千。我暗自庆幸生长在这个好时代，见证了农村在短短的几十年里，由茅草房、泥土砖房到红砖房到楼房，由步行到自行车到基本家家都有小汽车，由泥水路到水泥路到柏油路，由杂草丛生到花果满园，由相互借米下锅到家家有余粮、厨房有腊肉、菜园有蔬菜、湖里有活鱼的翻天覆地的变化，看到了乡亲们洋溢在脸上的发自内心的幸福微笑。

近十年，党的十八大以来，中国发展速度之快，农村发展速度之快，令世界瞩目。中国进入新时代，中华大地上全面建成小康社会，正意气风发为迈向全面建成社会主义现代化强国的宏伟目标而努力奋斗。湖湘儿女，有敢为天下先的精神，只有坚定地坚持共产党的领导，紧跟共产党走，老百姓生活才有盼头，幸福的日子才会越来越甜。

夜幕降临，睡在老屋里，听着蛙叫虫鸣，萤火虫带着房前屋后的花香飘进窗内，仿佛洒满香水的婚房，充满温馨和浪漫，令人流连忘返。

家乡的模样，在我心中有些许模糊，很多人，很多事都是留下的一个一个的背影。旧农村的背影去了很远很远，找不着，却在我心中不断萦绕。新农村的美丽面貌更让我深切地感受着，享受着，激动着……

刘　瑄

长沙市开福区作家协会会员

追忆

120cm × 100cm

简牍作为古代重要的书写载体，是历史的参与者，也是文明的推动者。丝绸作为中国古老文化的象征，是东方文明的传播者，也是中华礼仪的传播者。一片古黄色的丝绸在姿态万千的简牍世界中探寻、飘动，是被那博大精深、源远流长的文字文化所吸引，是渴望循着前人书写的痕迹，去追忆文明演变的脉络。在历史的映照下，每一片木牍，每一卷竹简，都让时间与空间在此刻凝固，形成古今对话。

探寻

120cm × 100cm

尘封千年的竹简与木牍，带着岁月的痕迹，跨越时间，横亘古今。不同时代的手都在握着各式各样的简牍，将古老的卷轴展开。这一刻，古人镌写在这一片片简牍中的星汉灿烂得以被后人发现，那一幕幕的柔情岁月得以被解读。绵延的时光印痕，都由那墨黑拉开序幕。

风云记忆

120cm × 100cm

穿过黄土与时间的缝隙，简牍早以褪去了当初光鲜的
颜色，染上了古旧的色泽。但那鲜活的文字又怎会被
陈旧所影响，我们仍清晰地品味到那一笔一画，如此
苍劲有力。其中的横竖撇捺记录的不仅仅是文字，也
是一个时代。

时空书信

120cm × 100cm

在古代，人们没有便利的工具，分处两地大多也意味着海角天涯。一封封简牍，不仅是一份份信息，也是一份份牵挂。

简牍春秋

趁晨曦微露，秋风刚掠过湘水一半，我漫步至长沙市简牍博物馆，追逐文字的痕迹。

行至馆内，简牍厚重的历史气息便扑面而来，仿佛让我穿越几千年，回到了遥远的古代，身临其境。

在古代，简牍是用来书写与记事的竹片、木片。用竹片写的称为"简策"，用木版写的叫"版牍"，均以毛笔墨书。而刀的主要用途是修改错误的文字，并非用于刻字。凡超过一百字的长文，就写在简策上，不到一百字的短文，便写于木版上。简牍是极具古典风韵且蕴含着千年历史文化的物件，承载着古人的生活与情感。另外，简牍也指史册，中国古代在纸张发明之前，典籍、文书主要记录于简条上，再用丝线捆扎联结，如此才便于阅读与保存。简牍虽不是最早的文字记录载体，却是早期中国书籍的最主要形式，对后世书籍制度产生了深远的影响。直至今日，有关图书的名词术语、书写格式及写作方法，依然承袭了简牍时期形成的传统。

长沙，是中国出土简牍数量最多的城市。长沙市走马楼曾出土了一千七百多年前三国时期的孙吴简牍，共计十万余枚。出土简牍内容众多，包含符券、簿籍以及其他杂类，包括赋税、户籍、法律、往来书信等，涉及社会、政治、经济、军事、法律等多方面，是 20 世纪继甲骨文、敦煌文书、居延汉简之后，我国古代出土文献的又一次重大发现，并被列入 20 世纪中国一百项重大考古发现之一。

竹简与木牍承载了无数历史记忆，追忆简牍中的故事对我们挖掘泱泱中华民族几千年的历史文化，有着不可忽略的意义，其中传达出的文字力量更不容小觑。可以说，简牍不仅是古人表达情感、传递信息的重要载体，同时也是连接古今的纽带。简牍不同于现代的书籍，可以记录不计其数的文字信息。它内胆虽小，但包罗万象，仅凭只言片语便可解锁古代的风云传奇。作为超越艺术审美且独特存在的历史文物，简牍对历史研究有强大的补充作用，更为历史留下了注解。

于我而言，阅读简牍，是对文化的重新解读与阐释。从书信中，我们可以挖掘古代人物故事与历史细节，窥探书信背后个体与时代的沉浮，领悟潜藏于书信中的人生智慧，感受古人字里行间诉说的真挚情感，品味书信文化的历史意义。而这些藏于岁月、雕刻时光的简牍，让我们在感叹光阴荏苒、岁序更易的同时，更体会到文字和词句凝化创造出的种种境界，深刻感受到了情感之美。寥寥数语，所承载的意到笔随、情随笔起的情感，是闪烁于历史细微处的悲欢离合、千古往事，是追寻的先辈的足迹，是寻访的曾经悠远的乡愁。

历经漫长岁月的简牍，在未被考古学者发现之前，一直掩藏在黄土之下，那渗透的乌墨、竹木的黄韵、古旧的纹理，都在诉说着简牍岁月的痕迹。时间在上面不断作画，记录下简牍最真实的色泽与气息。被人们发现之后，挖掘出来的简牍，被收藏于博物馆之中。观赏片刻，简牍中那引人入胜的文字，那来自一千多年前的笔迹，无不连接着前后两端人们的生活，再现着隐藏于历史深处的生活杂事。

若文明如同人类的生命之树，那么文字就是其中最基础的树根。

通过文字记录与传承，前人可以垂后，后人可以识古。正是有了文字的根基，后来的繁花似锦，才有了最初的出发点和最基本的可能性。从甲骨到钟鼎、简牍、帛书、锦书，从石头到泥巴、黏土、竹子、木头、纸莎草、羊皮卷等，古人采用了各种各样的形式来记录文字。人们不断地搜寻更完美的书记形态和文字载体。无论是何种方式，都具有极高的文献价值和丰富的情感内容，所包含的历史背景与意义，更值得我们重视与探索。

在古代，人们没有便利的工具，相处两地大多也意味着海角天涯。一封封简牍，不仅是一份份信息，也是一份份牵挂。拾取其中断编残简，可见腐蚀的痕迹在上面跳动，隐约之中仍可读出信里之情，信里之义。再细细阅读，我仿佛真真切切地看到了中原地尺寸不可弃、精忠报国的岳飞；不忘初心、人生自古谁无死的文天祥；嚼毡裹革、丈夫何处不为家的任环。我仿佛还看到了那些英雄背后的小人物故事，历史也许从未记载他们的名字，但简上的书信将他们鲜活的传奇人生篆刻出来，描绘出人间模样。

于简牍而言，竹、木本身没有特别的意义，真正值得人不断探寻、品味的是以它们作为载体书写的文字信息。轻拂简牍，世间百态的情景便在我脑海中翻涌，刻画出一幕幕惟妙惟肖的灵动场景，牵连出微观生活背后的历史背景，带领我向细节深处探寻真相，寻找古人生活的纹理。正是简牍背后传达出的历史细节，深深地吸引了我。以简阅史，以木读情，这场读简旅途中，我感受颇深。个体生命的长度也许可以阻隔不同时代人们的对话，但人的情感往往超越时空而存在。即使年岁久远，古人流传下来的器物仍是我们珍贵的回忆。它们的造型是时代的缩影，它们的肌理是斑驳的故事。

正是透过这些最为平常的竹、木，我们看到了古老华夏民族的劳动智慧，看到了中国传统造物观念"天人合一"，看到了被多次强调的人与自然和谐统一的思想和文化内涵。尘封千年的竹简与木牍，带着岁月的痕迹，跨越时间，横亘古今。不同时代的人汇聚于此，将古老的卷轴一一展开。这一刻，古人镌写在这一片片简牍中的星汉灿烂得以被后人发现，那一幕幕的柔情岁月得以解读。绵延的时光印痕，都由那墨黑拉开序幕。

那被晕染的墨色，拥有打败时间、空间的力量，它告诉人们，历史，不仅仅存在于浩瀚的史书中，也活在一份份鲜活的简牍之中。在那传世的书信中，留下了许多前辈真挚的生活印迹。

顺着那印迹，穿过黄土与时间的缝隙，简牍或早以褪去了当初光鲜的颜色，染上了古旧的色泽。但那鲜活的文字又怎会被陈旧所影响，我们仍清晰地品味到那一笔一画，如此苍劲有力。其中的横竖撇捺记录的不仅仅是文字，也是一个时代。他们在万籁俱寂中醒来，伸展后映射出的是记忆中的风起云涌，那样恢宏，那样壮观，即使历经波折，仍乘着时代的风云向我们诉说着他们的源起。每一支竹片都在吐露不同的经历与故事，倾诉沉降在泥土中的芳华。原本微弱的历史脉搏在此刻跳动得如此有力，生命的活力似被注入每一处。我们与他们相互凝望着，一呼一吸之间，这一刻，也许时空与灵魂是相融合的。

我作为新时代的青年，迈步在 21 世纪的街道上，阅览简牍春秋。简牍作为古代重要的书写载体，不仅是历史的参与者，也是文明的推动者。思绪飞扬之中，我想到了丝绸。丝绸亦是如此，它是中国古老文化的象征，是东方文明的传播者，也是中华礼仪的传播者。由此，我的脑海中便展开了这样的一场想象。一片古黄色的丝绸在姿态万千的简牍世界中探寻、飘动，是被那博大精深、源远流长的文字文化所吸引，是渴望循着前人书写的痕迹，去追忆文明演变的脉络。在历史的映照下，每一片木牍，每一卷竹简，都让时间与空间在此刻凝固，形成古今对话。也正是这些古老的简牍，激活了几千年前古人生活的记忆。其中每一条痕迹无不镌刻着不朽的传说，刻画着鲜明的个性，于方寸之间，一览千年。其中多少烟云，几多沧桑，历史的波澜都掩埋在这流淌的岁月之中。当我细读其中文字时，简中那关怀的话语与令人敬佩的精神，令我觉得仿佛书写者从未走远，就生活在我们眼前。这一刻，思考与心绪在其中激荡，简牍的生命力也逐渐被唤醒。

从远古奔流而来的时光长河啊，向未来徜徉而去。时代的发展亦宛如白驹过隙，刹那间便移易迁变。我试图打开折叠的时空，解读历史褶皱中的人情故事，将腐蚀的片段转换为书简中的逸事趣闻，并让鱼儿带来流传千古的文明佳话。

星霜荏苒，居诸不息，这场浪漫的时空邂逅也接近尾声。我走出博物馆，落日的余晖逐渐消散开，空气中简牍的味道也慢慢淡去，但竹、木岁月的沉香早已深入我脑中。

廖　茗

湖南省作家协会会员

长沙市作家协会会员

长沙市开福区作家协会副主席

长沙市青年联合会委员

2012 年被《中国图书商报》评选为全国十大网络女作家

盛大文学聚石文华签约作家

长沙市作家协会首批签约作家

长沙口袋新番文化创意有限公司董事长

湖南师范大学美术学院毕业生

绣女

120cm × 100cm

湘绣女舒展开她手中的绣面：绣了花蕊，又绣了绿叶，绣了一片色彩斑斓的芙蓉花海；绣了蓝天，绣了蝴蝶，又绣了一阵清风；绣了水波，绣了锦鲤，又绣了一片秋意渐浓的池塘。绣卷仿佛穿越春秋飞跃时光彼岸，驿动的卓越技艺能量，丝线闪闪如珍珠水晶闪耀世界……

辣妹子

120cm × 100cm

月光慢慢在温柔乡里陶醉，繁星点点划过湘江的子夜空。
吟唱的风把思念送到耳边，辣妹子等待远航人乘船归来。
红灯笼是夜归者心中灯塔，一抹烛火阑珊照亮靓丽身影。
阳光曾晒过辣椒花的味道，是蜜蜂吻过的不忘夏季花语。
有哪个伢子曾悄悄告诉你，像是心上那个辣妹子的发香。

稻花儿香

115cm × 40cm

姑娘手抚金黄稻花儿，
眺望远方山色斑斓，落
日余晖渐变得浓烈。晚
霞映射出碧水湘江波光
粼粼，金风拂过蝉翼般
的裙摆，温柔细语诉说
今秋丰收在望。

谁家孩子田涧里捉迷藏，
侧耳倾听远处农户喊着
新酿的米酒真甜，两岸
相传稻花香糯而不腻尽
是家乡味。

绣　女

　　金九银十，长沙城中潮人出没网红打卡地——沙坪小镇。是日中秋，正午的温热微风，裹挟着未褪的暑气拂面而过，梧桐叶落无声地盖满小镇的文化广场，听着秋蝉呜呜声，秋意渐浓……

　　广场中央的湘绣博物馆里，游客熙熙攘攘，馆内珍藏的绣品琳琅满目，人们交口称赞。湘绣，中国传统的四大名绣之一，已有几千年的历史，是我国非物质文化遗产。从春秋战国时代起，湘绣一直是中华文明的杰出艺术代表之一，成为对外交往的中国艺术名片。在民族复兴、文化自信满满的今天！人们游走在湘绣博物馆中，欣赏着刺绣文化的似锦年华，更加感叹其技艺非凡之魅力，而流连忘返。湘绣是长沙特产，作为长沙人的我们，为拥有这样一朵奇葩，而感到格外骄傲自豪。

　　秋天，是诗和远方的风景，是潮人编故事的季节。漫长岁月里，辽阔的湘江，有一朵芙蓉花的光晕倒映在水面，像童话电影里湖底发出亮光的珍珠，仿佛在述说着千年的故事……

　　故事从古老的绣卷开始：

　　绣女徐徐推开绣楼的窗棂，她眉眼深邃，乌黑柔顺的长发高高盘起，细发箍，珍珠钗，清秀的眉目中透露着东方美人的温婉，皮肤通透，唇色绯红，藏着谁都不可改变的倔强。她身着自己亲手刺绣的丝滑汉服，上衣细镂素花，裙摆花朵芬芳缤纷。湘绣艺术路上的女子仿佛生活在童话世界中，有着永远年轻美丽的魔法……

复古的窗棂外飞过一群叽叽喳喳的麻雀，夕阳西下，光晕零零散散透过繁密的绿叶洒落在绣女的绫罗绸缎上，染成浓郁的柠檬黄、香橙红的渐变色。

夕阳余晖映照下，绣女浅褐色的双眸聚焦在她手中的绣品上，唯精唯一，静心净心地绣着。她，不像凡尘中的女人，像是吃了非凡的清苦，所以内心刚毅，不为烦琐扰心，不被寂寞所困，她的绣道是隐忍的，绣道培养了她有一颗滴水穿石、循序渐进的恒心……绣女的绣品是"细、平、齐、密、匀、薄、亮、洁"，她遵规守则地记着湘绣的道法总纲。她从艺讲究，始终如一……

绣女，凝神静气。她，绣了花蕊，又绣了绿叶，绣了一片色彩斑斓的芙蓉花海；绣了蓝天，绣了蝴蝶，又绣了一阵清风；绣了水波，绣了锦鲤，又绣了一片秋意渐浓的池塘。

绣卷仿佛穿越春秋飞跃时光彼岸，卓越的技艺能量驿动，丝线闪闪如珍珠水晶闪耀世界……

随着时光从指尖溜走，夜幕静静降临，微凉的秋风吹进了绣楼，窗外华灯初上，屋内外点起一盏盏红灯笼，随着风儿的足迹去探访古老神秘故事，嫦娥和月兔光顾的中秋夜，散发着浓浓传奇爱情色彩，一个被浪漫代言了许久的篇章。

绣女，一针针一线线，一条红彤彤的锦鲤跃然而起……绣着绣着，不知道从哪里来的淘气小花猫蹿到眼前，它蹦上了桌子，打翻了一杯热气腾腾的祁门红茶，打断了绣女的思绪，针扎破了指尖，绣女起身离开绸缎绣品，去清扫打碎一地的青花瓷杯……

绣品的童话世界里：绣女针尖上红色的血滴顺着红丝线，滴入了锦鲤鱼尾，瞬间燃起一团炽热，小锦鲤鲜红得起了火，它着了魔法似的扑腾着水面，池塘泛起层层叠叠的细浪……

小锦鲤灵巧地跃出了水面、跃出了池塘、跃出了绸缎……守株待兔的小花猫在不远处瞅准了它，追了过去……

小锦鲤乐此不疲一跃而起，蹿到了另一个朝思暮想的金色池塘，小花猫也跟着跳了进去，绣品上的花瓣飞散，双双对对戏水的鸳鸯被惊吓得张开翅膀飞跑开来，水花四溅。

小锦鲤跳进一幅又一幅绣品里：健壮的老虎追着小花猫，小花猫追着小锦鲤，小锦鲤跳进了姑娘桌上的花瓶，桌下的小狗汪汪直叫，小猫小狗扑倒了桌子，打碎了花瓶，鸡叫鸟飞猫狗欢娱，打断了读书阅卷沉思的画中女子，窗棂前赏花的客乡女子们唇间细语，相谈甚欢，眼波流转，隔空相望，热闹非凡……

豹子玻璃般亮闪闪的眼珠，左右顾盼，瞅着眼前鸡飞狗欢、七零八落，绣品世界里炸开了锅，眼看老虎和小花猫追了过来，淘气的小花猫被突然扑出来的豹子叼起，一个甩头，豹子把小花猫丢进了花园，蝴蝶被惊到翩翩飞舞。女子放下书卷用手捧起小锦鲤，把它送进了还未绣完的绣品里……

然而去打扫一地碎瓷的绣女，却错过了穿越岁月蒙太奇般的童话古卷，似幻非幻……

古老东方的长沙，端庄优雅的绣女，绣花能生香，绣鸟能听声，绣虎能奔跑，绣人能传神。绣女传承着湘绣的古老技艺，以针代笔，以线晕色；绣物逼真，尽善尽美。

夜晚，绣馆的窗外，人群穿梭于大街小巷，火红的灯笼高高挂起，孔明灯冉冉升起，热闹着整个街道夜空。星星眨眨眼睛，一轮圆月悬浮在当空，笑开花颜……

时间缓缓流逝，隔天清晨，绣女仍是端坐在绣品前，她刺绣完最后一针艳阳红。晨光秋色，绣品闪耀，绣女给绣品取名——《芙蓉花海火锦鲤》。这是她第一次参加湘绣大赛的作品，那只活灵活现的戏水小锦鲤，永远是她的内心深处最美的风景……

唐 樱

中国作家协会会员

国家一级作家

长沙市作家协会原主席

长沙千年老太太

160cm × 180cm

西汉长沙国辛追夫人，是世人尊敬的老太太！马王堆的名字，成为灿烂的文化符号！因而长沙的历史文化，填补了人类历史的文明档案！

湘江夜话

160cm × 180cm

1850年1月3日，在长沙湘江朱张渡口，船上站着中国近代史上两个赫赫有名的人物：林则徐和左宗棠。他们正进行关于近代海防——建立中国海军的湘江夜话。正是他们忧国忧民、坚定信念、脚踏实地的彻夜长谈，开启了左宗棠的海军梦！

娥皇·女英入湘

160cm × 320cm

舜皇南巡，娥皇、女英二妃千里寻夫，于洞庭湖逆湘水
而上，迎着风霜，跋山涉水，最后泪洒斑竹，殉情潇湘。
她们的爱情故事，成为千古绝唱！

寂寞莲

115cm × 80cm

寂寞湘水锁清愁。看不见的莲蓬背后是秋水，是生命的修炼，是心与美的联通。红尘众生苦，慈悲心灵深处开，莲花落尽，莲蓬形消，缠缠绵绵，只为世间一切生命的因缘流转作注。

走马老长沙

仿佛是色彩斑斓中的一角青阳，斜照着记忆深处那美丽而古老的长沙城。古城里那些幽深古朴的小巷，既没有行人也没有喧嚣。凹凸不平的麻石被时光的青苔占住，小巷两旁的墙垣虽然斑驳，仍很厚重，掉落的小块泥石，掷地有声，我随着这声音，穿越到了小巷的昨天。

小巷深处寻太傅

小巷深处，传来急促的噼里啪啦、啪啦噼哩，没有固定的节奏，更谈不上节奏的美感了，一听就是顽童们追追打打发出来的。这种硬木质的木屐，城里的每个小孩都有本事穿着它飞跑，摔跤是不曾有的事，顶多也就是跑急了滑掉一只，回头转身捡起套回脚上，继续他们的追追打打。

那被蒙蒙细雨点缀的小巷，幽远极了。这时，传来木屐声，像美妙音乐弹发的节奏由远而近。轻轻的音乐般的节奏踩在小巷的键盘上。我知道一定是从豪宅深院里走出来的千金小姐，一把红红的油纸伞，在小巷的细雨中晃动，美妙动听的木屐声就是由她发出来的。这让操劳辛苦的市井女人羡慕死了。到了深深的夜晚，市井女人的爱美之心不死，没有外人时，便在自家门口的小巷里学着千金小姐的样儿，在小巷里来回走动。怎么走，也走不出千金小姐的韵味来，还怪累人的，叹一口气，只好作罢。

乡下人进城，对城里印象最深刻的是城里人脚穿木屐，走路时，发出的那种富有节奏的声响，好听极了。走在街上，总往城里人的脚上看。回到乡里，找来木质较好的木板，依着鞋样，锯子一拉，不到半袋烟的工夫，一双鞋底出来了，找来废旧的布条做成宽带子，横钉在木质鞋底上，双脚套上去，来回走动，感觉还蛮不错，唯一遗憾的，乡里尽是泥巴路，木屐踏上去，怎么也发不出城里木屐那富有节奏的清澈声音。在乡里人的意识里，城里的繁荣，全是城里人穿的木屐发出的噼里啪啦的声音中制造出来的。

我是从大西门和小西门之中的太平门，转到古老幽深的太傅里才到贾谊住宅的。人们都有些困惑——超凡脱俗的贾谊住宅门前的小街竟与金线街为邻。长条而厚重的麻石铺就一路的沧桑，诉说着历史的悠久。

我小心翼翼地在门口站住了。有人告诉我，贾太傅正在书房不便打扰。原来，贾太傅正在写汉赋名篇《吊屈原赋》。贾太傅从书房走出，面色苍白，因而显得清秀，宽大的前额和高高的鼻梁连成一气，形成标准的智慧型的脸型，那敏锐而忧郁的眼神，望着天，长长地舒了一口气。

贾谊在赋中对屈原的遭遇表示的深切悼惜，其实就是对自己处境的伤感，因为两人经历有着太多的相似之处，将自己心中的愤慨不平与屈原的忧愁幽思融汇在一起，以表达对世间贤人失意、小人得志这种不公平状况的极大不满。孤独忧郁和充满激情的贾谊，当他写完

《吊屈原赋》，长时间地沉默，仿佛凝聚着往昔的一切悲痛，像浩渺的河流那般深沉，只感觉到血液、回忆、痛，以及屈原魂魄的搏动，在他的躯体和心里流淌。贾谊强烈的忠和痛苦的爱使他崇高的形象日益崇高。贾谊的忠，某些浅薄的人无法认识。贾谊为爱而痛苦，这一点可能谁都不清楚。《论积贮疏》那非凡的激情、智慧、治国之道是奉献给社稷的纯洁而炽烈的爱，是贾太傅用血肉和心灵写成的。《论积贮疏》已编入中学课本，供炎黄子孙世世代代品读，让人们都学习和了解贾太傅的才能，和他无与伦比的心灵的深邃和崇高，以及远大的政治抱负。

贾太傅的双手上捧着墨汁未干的《吊屈原赋》书稿走出书房。那粗糙的素纸上，密密麻麻写满了字，笔迹圆润有力。现在它跟许多其他值得后人珍惜的书稿一样不见了。

时近初夏，树木萌发，虽有阳光璀璨，空气仍湿乎乎，滋润着万物也包括一切人的疾痛。

贾太傅说自己在长沙见到了屈原大夫。那天贾太傅正在湘江边远望，一位老先生穿着湿漉漉的长袍大褂来到他身旁。

贾太傅问："来人是谁?"

"屈子是也。"来人响亮回答。

贾太傅十分惊讶，有种他乡遇故知的情感在心中涌动，问："请问先生是哪里来?"

"从河中来!"屈原说完哈哈大笑起来。

贾太傅看着来人的模样像是刚从河里走出来的，全身湿漉漉的，特别叫人难忘的是那双眼睛像是经水冲刷多年的晶莹宝石，闪闪发光。

屈原告诉贾太傅，他现在的居住之处曾是自己来长沙的下榻之所。

我后来翻旧志查阅，得知太傅里原名濯锦坊。楚汉时，城市居民居住之区称作坊。街坊邻居也是这样来的。相传屈原就在濯锦坊与百姓交谈，他为人真挚可靠，无论谁遇到痛苦或者悲哀的事，找到他，跟他诉说，他真挚的话语，有时只要一句，就能使痛苦的头有所依靠，得到憩息。因为他为人的高贵品质远远超过人们的想象。百姓们为报答他帮他洗衣，这样仍不足表达对屈原的感激之情。屈原走后，人们为纪念屈原改濯锦坊之名为太傅祠。无独有偶，屈原另一居住地汨罗玉笥山也有濯缨桥的地名，相传是屈原濯冠涤缨之处。

贾太傅知道，公元前 278 年，秦攻破楚都郢。屈原悲愤至极作《怀沙》，投汨罗江而死。贾太傅觉得自己的遭遇与先生极其相似，两人都曾为当朝重臣，都有变革图强之志，又都遭权臣的诬陷。但贾太傅不太赞同先生所怀的儒家杀身成仁的思想。

后来一些学者，将贾谊和屈原的作品做比较，说什么在忧国忧民的忧患意识方面，贾谊没有屈原那样深沉，对自身理想的追求上，贾谊也不及屈原那么执着等。两个相距百年的人，本身就没有可比性，何来谁深沉、谁不深沉，谁执着、谁不执着呢？这样比来比去，贾谊和屈原的在天之灵也会不安，也会觉得冤。贾谊就是贾谊，屈原就是屈原。

我走到被后人称为"天下第一井"的长怀井旁，井水依然清亮可照人影，井口的麻石仍幽幽地渗透着历史的沧桑和久远。长怀井的得名就因杜甫的"长怀贾傅井依然"。

定王台上遇定王

俯瞰长沙古城，定王台是最好的地方。在那里可以饱览长沙城的一切景色。

当年长沙定王刘发，无法望远，更无法望见远在长安的母亲。于是定王刘发派人运米去长安，再从长安运土回长沙，选择城东筑高台，希望登台能看见依稀中的母亲。于是就有了"南米北运，北土南运"这个孝感动天的故事。

我同定王刘发见面的地方，定王刘发称作幽州台，也是被后人们称作定王台的地方。定王刘发踮起脚尖向北眺望，此时的定王的腰膀特别挺拔，好像云雾中一棵挺拔的松。南方多雾，而且雾气很重，我有些看不真切，只觉得定王是立在飒飒风口中肩负重任的人柱子。

定王似乎感觉到我的想法，便吟唱起祖先汉高祖刘邦所作的《大风歌》：大风起兮云飞扬。威加海内兮归故乡。安得猛士兮守四方。短短的三句歌词，通过定王的吟唱，将历史的回顾、现实的感受、未来的思虑融合成一体，歌词气魄豪迈，格调苍凉，淋漓尽致地抒发出英雄感世、帝王忧国、游子思乡的复杂感情，堪称帝王的千古绝唱。

站在这块被后人称为"定王台"的地方，他说起自己的身世有些伤感和忧闷。故事发生在汉朝。刘发是汉景帝刘启的儿子，母亲名叫唐姬，是景帝宫中的侍婢。景帝刘启还不是太子的时候，有一天喝醉了，召宠幸的程姬侍夜，适逢程姬身上不便，只好叫侍婢唐姬替自己侍夜，结果唐姬便由此而怀孕生子刘发。景帝登基以后，刘发和身份低微的母亲始终不受宠。景帝二年，也就是公元前 155 年，刘发被封为定王，封地在长沙。刘发离开繁华的长安，来到被称为"南蛮之地"的长沙为王。刘发心中最大的痛苦不是离开繁华的长安城，而是让他从此必须远离生身母亲。唐姬在后宫一直被贱视，儿子刘发是她唯一的支柱，离了儿子必然心里凄苦。远在千里的儿子自然有所感应，也非常思念母亲，但他不能去长安探望母亲，便派人从长沙运米到长安去给母亲品尝，并从长安运泥土回长沙。一年又一年，定王就这样用长安的泥土在长沙城东筑起了高台，他每天登台遥望长安，思念母亲。

定王刘发对母亲的一往情深，被历代文人所推崇，使定王以"孝"

著称于世，清人熊少牧诗曰："城东百尺倚崔嵬，迢递长安载土来。一片夕阳春树绿，慈乌飞绕定王台。"定王的故事让我的眼睛润湿了，通过泪眼看沐浴在阳光里的定王的身影，德孝的气脉包拥着他孤独的内心在波浪中行进，踏在长安土筑就的高台上，他昂首耸立，母爱的力量是那样不可估量，他的孤独、忧伤和痛苦仿佛得到了某种缓解。定王挥动着手臂，喃喃自语。时空渺渺，我听不清定王说了些什么，却读懂了定王的手势，在残阳低照的氤氲里，定王高举的手臂像在指点长沙这方水土，这方水土也在不可思议地洋溢着人伦温情，追逐着人类道德的走向。

定王很欣慰有人读懂了他。他邀请我到定王府做客，我忽而有些犹豫。就这须臾，当我恍然回过神来，曾经发生的一切都像白云过眼，刚才还是"陟屺遥瞻汉宫阙，凭栏犹见古河山"，转眼便是"不见定王城旧处，长怀贾傅井依然"。我听到这悠悠吟唱，才知道这已经是唐朝的时空了。

我正惆怅不已，远远走过来几位长袍大褂模样的人。后来我才知道他们是宋朝大名鼎鼎的大学子朱熹、张栻。可他们并不理会我正站在一旁，而是在定王台上神思悠远，感慨万千。朱熹摇晃着他那聪明智慧的脑袋赋诗一首。

他气势如虹，轻吟慢唱，是一支《登定王台》，道：寂寞番君后，光华帝子来。千年馀故国，万事只空台。日月东西见，湖山表里开。从知爽鸠乐，莫作雍门哀。

余音未远，张栻已接上来唱：珍重南山路，驱羸几度来。未登高岳顶，空说妙高台。晓雾层层敛，奇峰面面开。山间元自乐，泽畔不须哀。

听宋词句句吐悲声，声声传哀思，天地当为之动容，鬼神应为之哭泣，我已经无可救药地沉沦——

古城阴，有宫梅几许，红萼未宜簪。池面冰胶，墙腰雪老，云意还又沉沉。翠藤共闲穿径竹，渐笑语惊起卧沙禽。野老林泉，古王台榭，呼唤登临。

南去北来何事？荡湘云楚水，目极伤心。朱户黏鸡，金盘簇燕，空叹时序侵寻。记曾共西楼雅集，想垂柳还袅万丝金。待得归鞍到时，只怕春深。

来者是南宋著名词人姜夔，他的《一萼红》领唱了整个宋时大合唱，词人们争咏定王台，词人吕胜的《满江红·登长沙定王台》，词人袁去华的《水调歌头·定王台》，词人张孝祥的《踏莎行·长沙牡丹花·定王台》……

我从他们的词中，看到有台有榭，有亭有阁，花木扶疏，依稀可辨的定王台，游人络绎，人们都喜欢登临定王台吊古抒怀。"往事越千年"，现在虽是"凤去台空江自流"，但诗歌中的定王台所形成的文化气场却永远不会消亡。宋词在此时此刻成为历史符号，也成为宋代的一个文化特征。

沉浸在宋词的韵律里，元朝的许有壬也踏歌而来了：黄叶纷飞弄早寒，楚山湘水隔长安。荒台蔓草凝清露，犹似思亲泪未干。

许有壬的吟唱虽然高昂，却是那样单调，没有唱和之音，像是天空中漫漫散开的云。相传定王台台废址存，又称定王冈。后人在冈上建庙，称定王庙。宋时庙废，在此建长沙学宫。元朝的否定文化政策把长沙学宫摧毁，使其成为荒台蔓草之地。有诗为证："台上风烟自渺茫，台边草树倍凄凉。""台榭已同湘水渺，孝思恒在岳峰头。"

在历史的长河中，汉文化马车开始驶进了元朝的屏蔽区。元曲的发展繁荣是文学艺术的一件幸事，但却是元代政治悲剧的结果。元朝统治者入主中原后，采取一种民族歧视和否定文化的政策，知识分子的地位跌入了历朝历代的最低谷，十分卑微，导致元代文人心态的异化。文人们从几千年来抒情言志的传统诗歌中走出来，出现了一批以"俗文学"的戏曲创作为谋生手段的文人，并由此而创造出了元曲。

汉文化的复兴在明朝萌芽，明朝诗人李东阳带着《长沙竹枝歌》从元曲中破茧而出："马殷宫前江水流，定王台下暮云收。有井犹名贾太傅，无人不祭李潭州。"

清朝皇帝们饱读诗书，更看中了汉文化的仁孝，运用汉文化中的道德教化民众是他们的智慧。汉文化历来推崇读书人精忠报国，仁孝父母为荣。讲究达则兼济天下，穷则独善其身。做一个仁者，是从体察民情开始的，爱自己的亲人，才会爱其他的人，才会"老吾老以及人之老"，"幼吾幼以及人之幼"。贾谊的忠彪炳千秋，成为天下人忠诚的表率；定王的孝，则被后人不断演绎推崇成为孝文化的符号。

我明白，一个少数民族能够一统中原大地近三百年，是与对汉文化中孝道文化极为推崇分不开的。

诗人黄理元的《定王台怀古》：白云长绕汉宫址，定王高台从此起。当年邱垄生栽蒿，渭水湘南隔千里。湘南慈竹绿丛丛，尽人崇台望眼中。自憾不能为孝笋，相依长此护青葱。台上思亲何日已，秋去春来如陟屺。千秋孝思永不磨，唐妃程姬幸有子。

从诗中可以看出当时的人们是如何崇尚家中有孝子，此时崇尚孝文化的诗歌如雨后的春笋，在整个中原大地蔓延开来。王文清的《定王台怀古》、赵宁的《录定王台故址》、张先骏的《定王台故址》、阮文藻的《定王台》……无数文人学者借定王台抒天然仁道之情的作品层出不穷，精美璀璨。

我非常感动，想隔着时空告诉定王，定王台虽不复存在，但它形成的孝文化气场永远滋润着天地万物。

最后，我有幸见到了清同治时期来湘为官的夏献云，他将珍藏了多年的袖卷《重修定王台碑记》拿给我看。我轻轻地打开袖卷，绢纸已经微微发黄，但绢面上的每一个字都鲜活着，散发出迷人的光芒，温暖着每一个亲近它的人。

湘江边上听故事

月光下，我拥着一个体贴而随和的影子来到湘江边，习习的河风有些凉意。有些感慨：湘江，湘江／没有人陪你缓缓流去／没有人伫立倾听／你永恒的流水章句……

清脆的掌声从江边的树林里传出。我先是一惊，然后用警惕的月光（管它叫诗人的目光也无妨）搜寻着。看到一个若隐若现仙风道骨的人。

后来，我才知道，遇到了唐朝的一位叫高昱的隐士。高昱给我讲了他在湘江经历的奇遇。唐代开元年间，橘子洲住进了一位叫高昱的隐士。

高隐士惊讶橘子洲满地绿，恍若入了一座枝叶亭亭如盖的大森林。夕阳的光透过绿叶的缝隙斜射下来，映衬出绿的梦幻之感。

高隐士来到江边，看着滔滔北去的湘江，遥想起当年周昭王南下巡游，溺死在这湘江之中。一代君王，转瞬寂如尘土，如今又有多少人还能忆起？辉煌也好，寂寞也罢，一概付诸滔滔江水。人生短暂，又如何才算不虚度年华？太阳怎么落下去，月亮又怎么升上来。高隐士全然不知。他见江边有一小舟，就泛舟江中，觉得有些累，就放倒身子，斜躺在舟中，仿佛一叶无人摇泛的小舟，静静地落在江面上。

突然一阵甜美悦耳的女子说话声，随着江风送入高隐士的耳膜。高隐士微微抬头循着声音望去，不远的江面，在月光的辉映下散发光芒的三朵大荷花盛开江面上。声音仿佛从那花蕊中引放出来的。接着，三个身着洁白衣裙的妙龄女郎从花蕊中飘然而生，静静地坐在花瓣上，洁白如雪的连衣裙与鲜艳的花瓣交相辉映，如梦如幻。

人世间还有这般美景，亦梦亦幻，高隐士感觉自己徘徊在梦与现实之间。

"今夜天高云淡，玉兔吐辉，水阔波澄，清风送爽，真是难得好天气。我们不如一边观赏美景，一边说说各自的心事。"

"瞧，那不远处有条小船，也不知是否有人，别把我们的话偷听了去。"有人反对说。

"不怕，如今世道多变，人心不古，即使船上有人，也不可能是甘心隐逸、洁身自好的高士，更不会来干预我们的事。"又有一人说道。

"早就听说：'昭潭无底橘洲浮。'确实不假，虽然比不上东海的深广，却已令我们流连忘返，更何况这里有如此美丽的景致，还有我们要找的人物。"

"是呀！我生性喜欢学习佛教教义，自然要找僧人。"

于是另二人一个说爱好道教，一个讲钟情儒教。

高隐士静静地听着，联想到江边的岳麓山，岳麓山顶云麓宫是道教的所在地，山腰的是佛教，山脚的岳麓书院是儒教的所在地。

接着她们纵论本教义理，互相诘问，自我申辩，阐说精微细腻，侃侃而谈。高昱平生从未见过如此出色的辩手，也没听说过这样严谨的理论，不由叹羡不已。

高昱听着看着，兴致正浓时，那天仙般美丽的女子慢慢隐入花心。过了一会儿，那三朵荷花也从江面上消失了。

江水仍静静地流着，明月依旧照着。接连几个晚上，高昱泛舟江面，再也没有见到荷花和荷花仙子。一天午后，高昱泛舟来到岳麓山下的渡口，只听鞭炮声从山顶放响到山脚。原来，岳麓山上寺庙、道观、书院在做着同一件事，为因渡江而被水淹死的弟子做法事。

高昱很惊讶，老百姓更是困惑。为什么淹死的尽是佛、道、儒三家弟子。

高昱突然想起荷花仙子，接着又否定了，世上哪有这般悦目赏心、聪慧的妖怪。那又是谁在作怪，天空里漫弥着一团恐怖的云雾。

接连几天三家的弟子又有好几个遇难了。

高昱坐不住了，一大清早泛舟来到渡口。摆渡的人在清理船上的人，佛、道、儒三家弟子一律不准上船。一位道士吵着要上船。高昱走上前对他说："江中有妖怪，渡江必遭横祸。"道士大怒："你才是妖怪！有和尚、道士、儒生溺死，纯属偶然。我应朋友之召，必须渡江相会，即使有难，死而无悔。大丈夫绝不能失信于人！"厉声催促艄公让他上船，艄公不得已同意了。船到江心，果然道士又被一股浪卷走了，其他的人无恙。

高昱扼腕叹息。

当一个儒生背着书囊来到渡口时，高昱拦住他，死活不放他上船。还将那夜所见所闻及刚才所见原原本本陈述一遍，恳求儒生不要一意孤行，免得横遭不测。谁知儒生也是犟脾气，听了高昱的话，非但没有退缩的意思，反而圆睁双眼、神情庄重地说："人的生死，命中注定，是福是祸，终难躲避。今日正逢我们家族聚会，祭奠祖先。吊唁乃是大礼，不可缺席。"儒生说完甩脱高昱，纵身跳上渡船就要船工解缆，高昱紧紧抓住儒生衣袖，发誓说："今天就是斩断我的手臂也不放你渡江送死！"

儒生急得双脚直跳，高声呼叫，可就是急脱不开。忽然有一条白烟从水中飞了上来，绕住书生的腰就往水里拖。高昱和船上的人慌忙抓他的衣襟，不料书生的衣服突然沾上了一层鱼的涎沫，溜滑溜滑，根本无法攥住。随着"扑通"一声响，高昱叹道："完了！这大概就是命运，确实无法抗拒。"

此时，一叶小舟飞速而来，船上站着两个人，一老一少，看见渡口围着不少人，他们想看个究竟。

高昱一看这一老一少像是道士，忙说："你们从哪里来，要去哪里？赶快离开这儿，道士在这儿很危险！"

老人不知这儿发生了什么事，见有人对他说话，就回答道："我是阳明山的唐勾鳌，今来到长沙，专程访友。不知这里发生了什么事，为什么你们的脸色都是如此苍白可怕？"

高昱早就听说阳明山唐先生是个高人，能擒妖降魔，法术神奇，于是又惊又喜，将发生的一切说了一遍。

唐勾鳌勃然大怒："大胆妖孽，竟敢如此害人，不能不除！"从随身携带的竹箱中取出纸和笔，写了几个红色的篆字，交给同来的弟子说："你替我持符入水，勒令水怪立刻迁徙。"

那弟子接过符咒，念念有词，捧符入水，如履平地，转眼不见了。

过了大约一顿饭的工夫，弟子回来对众人说，他沿着河床，在水下走了数百丈，发现一个巨大的洞穴，明亮宽敞，犹如人间的厅堂。洞中有一张大石榻，三头大白豚，睡得正香，石榻旁数十头小白豚则在嬉耍。弟子捧符走进洞穴，三头大白豚猛然一惊，化作白衣美女，而小白豚也都变成童女。其中一个美女捧符大哭，恳求道："请为我们转告仙师，就说我们不久前才从东海来此，颇爱此处景致，若能延缓三日，不胜感激。三日后一定返回，决不拖延。"说着又各自捧出许多明珠，献给弟子。弟子推辞说："珠宝对我来说，毫无用处。至于你们的要求，我禀告师傅后再作决断。"

唐勾鳌思忖片刻，叮嘱弟子："你再为我去告诉那些畜生，明天早晨必须离开这里，回东海去。不然的话，请来火神，直入洞穴，到时候悔之晚矣。"弟子奉命又去。三位美女号啕恸哭，悔于当初伤人性命。

次日清晨，高昱和唐勾鳖师徒等候在湘江边，只见一股黑气从江面升起，渐渐猛烈，随即昏天黑地，急浪奔涌，狂风夹杂着迅雷，好似暴风雨突然降落一般。激流中突然出现了三条大鱼，长达数丈，小鱼无数，簇拥着大鱼向下游游去，当那鱼群游出了视野，湘江顷刻间复归于风平浪静。

那几丈长的白豚和那娇柔的荷花丽人能是一回事吗？这没有可比性的两个物种，一直令高昱隐士不能释怀。

我听完后，惊得目瞪口呆，半晌回不过神来，美丽的湘江，还有这么一段鲜为人知的传奇。

只一步之遥的高昱隐士起身随着江风飘然而去，无声无息，像温柔的月光，有些阴郁。

神秘、古老的气息，随着湘江北去，让人无法感知今夕何夕。

长沙千年老太太

辛追（前 217—前 168），生于始皇帝三十年（前 217），是长沙国丞相利苍的妻子。

一

我认识你
西汉长沙国里的渔阳公主
一个风姿绰约的美少女
你纯洁无瑕的脸庞
迷恋着几多年少的目光
一头乌黑亮丽的长发
令全城为之抖擞

二

我知道你
你美丽的名字叫辛追
文文静静成长热热闹闹出嫁
做了长沙国丞相利苍的贤妻

撩起楚湘大地的嫉妒
时光在空中被分割
杳无音讯地流走
和你一样逝者如斯

三

也许你读懂了春秋战国
也许你略知秦皇汉武
也许你渲染了孔孟之道
你总是将巫傩文化的野性
附上知书达礼的灵气
你总是用乖巧的聪慧
附上男人的雄才大略
一双纤细白嫩的手
调和着夫君与民众的关系
善良的人性涵盖楚湘全境

四

认识你是我的荣幸
你打开两千多年的历史文化
长沙，一个来自天国的名字
二十八星宿分野
吉祥的瑞气迷漫三湘大地
因为你，人们才从记忆中

翻出古长沙农商的繁华

翻出对楚湘倔强人性的认同

五

屈原写离骚哀民生之艰

贾谊遭贬谪仍抑恶扬善

你信奉巫文化扶弱锄强

用荒诞的昨天

演绎理性的今天

用迷茫的信仰

探索湖湘文化的奥妙

六

人世间有悲剧

长沙国将衰亡

你的不幸也有神巫预言

骤然的消息使你飘若仙烟

七

那个叫马王堆的地方

你静静地躺了两千多年

最高规格的厚礼让你安眠

你穿着那四十九克的素纱襌衣

你使用着那些惯用的家什
那些菜果散发着新鲜的气味
晃如昨天

八

你很安然，却让世界震惊
来自全球不同肤色的人
趁你熟睡指指点点
想伸手捏捏你丰满的粉脸
想摸摸你那乌黑柔软的长发
还想拨开你的美目将你叫醒
甚至有人花重价想买下
你掉在地上的一根头发
你，依然故我地熟睡
用孤独的梦编织传奇
用清冷的时光演绎人生

九

记得你，长沙千年老太太
你是世人尊敬的老太太
因为你，马王堆的名字
激荡出灿烂历史的符号
彩绘出长沙历史文化奇迹
填补了人类的文明档案

艺术长沙·妙高峰

20 世纪 90 年代，我要完成一部清末长沙抢米风潮的长篇纪实，于是花了差不多一年的时间，沿着长沙老地图留存的长沙七座城门——黄道门、浏阳门、小吴门、湘春门、潮宗门、驿步门、德润门走了大大小小的街巷近千条。走着走着，我就发现了一个秘密——那些在档案馆和图书馆里都找不到的老地名，居然都在公交车站的站牌上挂着。

也就是在那年的寻访之中，我认识了妙高峰。

1910 年，发生在老长沙的抢米风潮中有座被损毁的名建筑叫"南楼"，一直搞不清这个"南楼"在哪里，经过多方寻找和查阅资料，终于弄清楚了，"南楼"就是现在的湖南第一师范的前身，它坐落在妙高峰之中。

"南楼"始创于清光绪二十九年（1903），今仍存有由刘人熙撰，谭延闿所书的《南楼记》碑拓片。

有关妙高峰本来面貌，在 1937 年的《力报》上刊发的一篇名为"长沙风景古迹小志"的文章有一小段这样的描述："妙高峰为全市最高峰。顶上有一块平地，建有亭于南峰，以供人休息。每当盛夏，这里可就热闹了，游人如织，茶座如鳞，一阵阵的微风送来，全把暑气吹散了，躺在柔软的藤椅上，喝着香味之清茶，望着对面麓山，在夕阳的返照下，金紫相间，彩色万变，真有说不出的奇伟美丽！"

这段文字我读了三遍，感慨万千。简单的文字跨越百年，将景和韵都传到了眼前，让人悠然向往，这就是文字的力量和神奇呀！

后来，我又在一本馆藏的资料里，查阅到建在妙高峰南峰的亭子名叫"卷云亭"，还附带着"卷云亭"由来的记载，大意是说，人坐在亭中，眼观天边一团团白云随风舒展逸动，翻滚如波涛，静时又似一群洁白的绵羊在慢慢行走。倘若眼神好些的，就连羊儿的卷耳与弯角都可以分辨得出来。

有亭总会有联，卷云亭上的对联便是流传至今的名联"长与流芳，一片当年干净土；宛然浮玉，千秋此处妙高峰"。妙高峰所有的神韵、美景、情怀，一揽子都藏在这副对联里！传说这副对联的上联还是路过妙高峰的神仙出的，当时的文人们集体凑出了下联。传说总是美好的，但正是因为有了这副对联，才能让历经几百年硝烟战火，已面目全非的妙高峰依然名声在外。卷云亭多次被毁，又一次次被有识之士重修重建、重建重修，今天的人们才得以穿过历史的烟云，在妙高峰的制高点见到这座让人们引以为自豪的"卷云亭"。

穿过"妙高峰城旧事街"的牌楼，就能听到在街边喝茶聊天的老爹爹讲的古情，讲南宋张浚、张栻父子在此创办的城南书院，讲纳湖和卷云楼等十景的历史故事，或者还会边打着节拍边背诵让你听得莫名其妙的古诗：道脉开南楚，朱张仰昔贤。往来同讲席，沿革又荒烟。石断苔痕古，碑残绿字悬。来游重九日，怀古意茫然……

历史总在不断前进，城市总在不断变化，且是变得越来越好了，让老长沙也有了新味道。我与文友们一起串街走巷，重新回味长沙的"城南旧事"。这些巷子里，有张栻和父亲张浚的旧事；有毛润之和岳父杨昌济的旧事；有湘中知名之士陈本钦、孙鼎臣、何绍基等的旧事，也有湘中大儒李元度、左宗棠，民主革命家黄兴、陈天华的旧事；有徐特立、袁仲谦、张干等一师各位老师的旧事；还有何叔衡、周世钊、萧子升等同学们的旧事。在这些名人名事之外，更多的是生活在小巷里的老百姓们世世代代流传下来的市井故事。

文友们边走边看边聊，看着留存的部分古迹，彼此说着些自己知道的历史故事——妙高峰古街在有机改造中是非常成功的，妙高峰下留存有两处南宋遗迹，一是福王墓，二是朱张渡。一行人沿着小巷折转，终于在居民楼栋之侧见到了被绿植环抱的"福王墓"真容。拾级而上，一座开阔肃穆的古墓就出现在眼前，墓主为南宋名臣赵汝愚。

赵汝愚曾任右相，以爱国忧君著称，力主抗金，敢于冲风冒雪，千里出征，可惜被权臣韩侂胄构陷，受贬为宁远军节度副使，并在赴永州途中于衡阳遇害。遗体运至长沙，南宋庆元二年丙辰落葬于妙高峰，后被理宗追封福王，谥号忠定。

往事越千年，就在这千年时光里，福王墓被多次重修，达到如今的规模。一般的墓碑都是一方，福王墓碑却是中高两低错开成三层的五块石碑，主碑刻"忠定赵福王墓"，右侧碑铭刻"大清宣统二年重修"等字样，左右最侧的两块碑上无字，但五块连肩的石碑却同样顶雕蟠龙纹，又有"子午山丁"石刻一方横嵌于墓前。墓前还有香炉、华表、墓庐。

福王墓与其他墓葬风格迥异，主墓顶心为圆纹，围绕顶心以放射纹拢下墓身，最底边三层则是横纹，使整个墓葬看上去坚固如堡垒。在砖与砖、石与石的接缝里，各种细小的植物倔强地生长出来，绿茸茸的一团团点缀着古墓，颇具萌态。

文友们寻访至此，莫不惊叹。古与今在这里交织，融为一体，成为一景，既有历史老故事，也有老城新故事，这就是老长沙与新味道交织的情形，也是看得见的长沙文明了。与时俱进的妙高峰，换了新颜，然而坐落在妙高峰下占地五百平方米的福王墓，越发古幽。

城市的发展既有张力也有内涵，它会让人拥有新也会让人失去旧，它像一条挡不住的河流，穿城而过，蜿蜒曲折又充满活力与畅快。

我喜欢日新月异而时尚艺术的新长沙，但得知"老照壁"已在长沙地图上消失，心里仍是生出了淡淡的忧伤。长沙近代史上有两个历史事件让人格外心痛，一是抢米风潮，二是文夕大火。其中抢米风潮的发生地就在老照壁。

抢米风潮只有短短的七天时间，但它的历史意义和历史价值却是空前的。这次历史事件中，长沙的二十三处领事馆受到冲击，也严重动摇了清政府的根基，翌年辛亥革命爆发更是将清政府的统治推向了末路。说远一点，老照壁起初是明朝明四将军府的屏墙，后来老照壁变成了街，是非常繁华的商业街，老照壁周边也就成了清代到民国初期老长沙城的政治、经济、文化中心。省、府、县三级政府环绕在其周围。老照壁的北出口是现在的中山路，在清朝叫"辕门上"，清代湖南巡抚署的大门叫"辕门"。老照壁东出口是府后街，清代长沙府署设在府后街，长沙县衙门就设在老照壁西北侧的潮宗街。在抢米风潮中，老百姓们一把火把辕门给烧了。曾经的清湖南巡抚署就是现在的青少年宫所在地。这是有迹可循的，在青少年宫里现在还立着一块乾隆御碑，上面刻有乾隆皇帝为蒋溥巡抚湖南所题的御诗。老长沙人有句口头禅，"登科如意，榜题老照壁"。就是这么一个承载着厚重历史事件和人文信息的地名，说没有就没有了，说替代就替代了，相信不少老长沙人都会感觉有些忧伤吧。

有人起声喊："往这边走！"

我恍然而惊，突然感觉对不起妙高峰似的，怎么眼睛看着妙高峰的人文景观，脚底踩着妙高峰的麻石板路面，心里却在为别处遗憾呢。

你看，脚下踩着的麻石也曾被古人踩过并留下了痕迹，古人是穿着怎样的鞋走过这弯弯小巷的呢？即便想象力有限，想不出古人特别是古代文化人走路的姿势，但你踩着的被磨砺得润滑的麻石，嗅着的春末夏初温软飘香的空气，未免就不是古人也沉醉过的。

沿着妙高峰巷一直往纵深处行走，空气里还弥漫着书香的味道，有琅琅读书声传来，也有运动员挥汗如雨在训练的声音，上了层楼去眺望，就能看到围墙那边飞檐黑瓦，是一所书香浓郁的古老学校。

这读书声吵不吵？我笑着朝一扇敞开的门里问，正在屋子里做家务的白发老人停下手，用柔软的长沙话说："这是世上最好听的声音了，只有居住在妙高峰才听得到哩！"她的话语里充满了疼爱，似乎隔墙一师范校园里的那些青春飞扬的孩子都是她家的小辈。

沿着小街转悠，行不数十米，左旁或者右旁时不时会岔生出大小不一的小巷，沿着小巷走几个弯，也许还会回到原处，或者走啊走的，又到了一个完全陌生的所在。也不知道这些神秘的小巷到底要将你带到哪里去。

"南村"是我们此行目的地之一，但大家对这个名字并没什么概念。或者它就是某条街巷的名字吧，总不能在这街头巷尾里还藏着一个"村"。且它叫南村，旁的哪儿总还应该有个"北村"吧，文友们聊着笑着继续打听"南村"怎么走，路人朝小巷的尽头点了点，说"从那儿弯上去……"

好吧，弯上去，寻不着再继续打听就是。

小巷的尽头是一处小坪，右侧有条上坡路不知所往，左侧低凹修有护栏，且有石墙石板维护，居中有一口四方古井。

古人多数是靠井水生存的，有村有人必有井，但城市的改造，使得老长沙的三千多口老井所剩不多，此处便留有一口。老城区有机更新后，家家户户都通了自来水和天然气，居民们也不用再起早排队去抢占公厕了，生活便利和美好是人人享受得到的，可这老井边却仍有居民在取水。井越千年，被称为老井，但井水却永远不老，它依旧清凉透亮。它叫"百龄井"。有人上前去问取水的居民，这井水卫生指数达标吗？居民笑笑回答："没有自来水的时候，附近的居民喝的都是这井水，现在虽然有了卫生又方便的自来水，但附近的居民还是舍不得远离老井，就好像离不了老朋友一样。看着这井水多好啊，提一桶回去洗洗涮涮，就算是拿来浇花也都是蛮好的。"

是呀！老井哺育了多少代人啊，陪伴了多少代人的时光，抚慰了多少代人的心绪，说是离开一口井，情绪上却如同与故土隔离，它就是一种根基，一种情结，亦是一种文化的洇染和沉积。

终于找到"南村"了，它其实是一栋公寓楼。

"南村"的左侧为妙高峰山体，陡坎上绿荫浓密，右侧即湖南第一师范。南村公寓楼是 1926 年方克刚与罗元鲲合力所建。岁月沧桑，女作家谢冰莹等好几个文人在南村留住过。"南村"也换了主人，但它却穿过了百年风云留到了现在。

修建"南村"的原主人方克刚是著名教育家，他在 1914 年创办妙高峰中学，1926 年又创建南轩图书馆，藏书达 1.7 万册，并收藏了许多珍贵报刊，是在全国大有影响的民办图书馆之一。曾三次出任湖南督军、省长兼湘军总司令的谭延闿特为"南轩图书馆"题馆名，以表重视！

历史有很多的巧合。方克刚和罗元鲲一定想不到他们盖的房子会在九十四年之后成为长沙市作家们的创作基地，如果他们能知道，想必也是高兴的。现在，两块颇具文化气息的铭牌挂在了"南村"的外墙上，其一是"长沙市作家协会创作基地"，其二是"鲁迅文学奖获得者纪红建工作室"。

"南村"成为长沙市作家协会的创作基地，成为作协八百多名会员的家，陈列着会员们创作的作品，成为一个展示长沙作家文学创作的平台，这种文化的传承与精神的传承有政府的扶持与影响，也有冥冥之中的天意吧。

连接妙高峰南边的小巷叫"光裕里"，这儿更是艺术气息爆棚，在这不足两百米长的小巷里，长沙市湘剧院、长沙市花鼓戏剧院、天心区文化馆、天心区青少年宫等聚集，被长沙人称为"戏窝子"。

1989年，首届湖南"映山红"民间戏剧节就在此地开幕，全省十五个民间剧团在这条街上演出长达三个月，使这条老街与"妙高峰"都誉满三湘四水。两年一届的"中国映山红民间戏剧节"连续五届在这里举行，使这条街成为一条"网红"街。辽剧、扬剧、锡剧、黔剧、闽剧等四十多个剧种都随之来到了长沙"戏剧一条街"的舞台上，展示它们的戏剧魅力。

妙高峰下的光裕里与全国各地的艺术结缘之后，为更好地展现"戏剧一条街"的形象，硬件设施也及时跟了上来，在有机更新之后，仿古门楼、木雕门窗，一派古朴的传统风貌；飞天引路，桃杏相依，百草葳蕤，处处呈现梨园春色。更为别致的是，生、旦、净、丑等各种戏剧脸谱，还有扇、巾、斧、钺等各种戏剧道具模型，关汉卿、田汉、欧阳予倩等戏剧名家的艺术形象，以及映山红戏剧节历年的金奖剧目、传统湘剧花鼓戏剧照等，都被制作成了生动的浮雕或漆画，镶嵌在"戏剧一条街"两厢。

走进妙高峰，你会被文学艺术的气息里里外外包裹，忘却各种琐碎愁闷，不由自主地赞叹新时代"艺术长沙"的芬芳如此甜美。

绣花针在指尖上的舞蹈

北城开福，历史悠久，是一方千年的福地。

"一江四河"的七十五公里水岸线，有如绣线一般织缀，打造出沙坪镇的历史人文之美。说到沙坪镇的湘绣，人们耳熟能详，但恐怕有很多世居长沙的人都不一定知道沙坪镇。在明朝末年，有一支被清军追散的明军回民队伍败落到了长沙北郊的沙坪，沙坪远离城中心，偏安一隅，宽阔的捞刀河连着白沙河，而清秀的乌溪则是白沙河一脉，这儿山秀水美，土地肥沃，流落的回民们便决定在此地暂居。纯朴的汉族乡民们敞开怀抱，容下了这些异乡异族的流亡者，使他们落地生根，且在之后的数百年里，汉族和回族的村民始终互相扶持，形成了"长沙唯一的少数民族聚居村落"。这个回民占总人数三分之一的村落，创造了许多民族团结的经典故事。

驾驶车辆从北绕城高速西往东经过乌溪的时候，你会在车窗右侧看见分属于两个不同民族特点的建筑，这便是民风淳朴的汉回村；而高速左侧，视线顺着乌溪继续向北，便能看到葱葱茏茏的一片，恐怕只有沙坪人才知道，这绿色掩映下，到底隐藏着多少家绣庄。

沙坪的湘绣已有两千五百多年历史，是中国四大名绣之一。在漫长的湘绣历史长河中，被誉为"中国湘绣之乡"的沙坪镇，曾演绎出无数美丽的绣女传说。众所周知的西汉时期长沙国丞相利苍夫人辛追，就是沙坪的一位美丽绣女，如今的沙坪还保存着她当年的下马石、夫人桥等。1757 年，乾隆第二次南巡时得知有湘绣奇人陈九姑的绣品"其色如虹，其织如练"，于是命陈九姑为他的生辰大典进贡一件湘绣龙袍。如今，这件湘绣龙袍复制件还收藏在博物馆内，成为镇馆之宝。

湘绣古事久远，只留下逸事神形，而关于湘绣的当代，却有些更为惊心动魄的历史，它神形丰润，细节清晰，如一面长幅巨制的湘绣图谱，缩织着战火硝烟年代的革命者与绣庄的故事。

1949 年初夏，毛主席决定访问苏联，并亲点了一幅湘绣《斯大林绣像》作为国礼。但此时的湖南却还在国民党的控制之中。5 月 7 日，我党特派专员周竹安与赵翰林、章林三人潜入长沙城，一是带来斯大林的照片定绣其像，二是以采办湘绣为名留在长沙，为长沙和平解放建立情报站。秘密电台安置在铜官西湖寺内的一间杂物屋里，靠汽车电瓶供电。电瓶须送到长沙市区充电，于是交通员扮成裕丰绣庄的"挑箩"先生，以"收花"和"发花"为掩护，往来于铜官与长沙之间。为防止夜间进入市区引起军警特务的怀疑，又在北门外的油铺街 63 号设立了湘绣收发站进行城乡情报中转，其间斗智斗勇，险象环生，但最终迎来了长沙的和平解放，湘绣"国礼"也迎着胜利的步伐圆满备成。这一传奇的故事，后来被潇湘电影集团拍摄成了电影《国礼一号》。

中国是世界上最早生产纺织品的国家之一。在古代，一切布艺上的图纹均以"绣"完成，这是从民间至宫廷都极为看重的工艺，人们必须利用刺绣来装饰衣、裙、衾、枕等生活用品。早在战国时期，湘绣就已有了较高的艺术水平和娴熟的技艺。1898 年，一家名为"吴彩霞绣庄"的商铺在长沙司门口开业，这是长沙第一家专门自产自销湘绣的绣庄。它的出现，标志着湘绣正式走上了商品化的道路。

顺着乌溪，从汉回村前往沙坪湘绣小镇的中心——湘绣博物馆，也只有三五公里远近。我们缓步在博物馆内参观，不住感叹这数千年以来的湘绣传承，这些精湛的工艺，承古拓今，在新的时代将湘绣技艺和艺术都推向了新的高度。目前，湘绣的顶尖工艺当然要数"双面全异绣"。绣工可以在同一底料的正反面刺绣着画面、色彩、针法都不相同的绣品，例如《狮虎》座屏，绣屏一面是只仰天长啸的上山虎，而另一面则是只低首夜行的下山狮，一上一下，正面的虎头转到反面变成了狮尾，两面的形象迥然不同。同样令人瞠目的还有《花木兰》绣屏。在绣屏的一面是身着铁甲的花木兰，展现"万里赴戎机""寒光照铁衣"的女扮男装形象，而另一面却是"当窗理云鬓，对镜帖花黄"的闺阁女子模样。运用高超的刺绣技艺，在同一件作品的正反双面展现出两种截然不同的画面，使花木兰这位英雄人物的形象呼之欲出，真是巧夺天工。

　　凝眸，欣赏，便不由意动，不由得想到人们追求的禅修。禅修裨益身心，殊不知数千年以来，最能体现古代女子技艺与智慧的却是"绣花"。看各朝代的闺阁女子，不论贫富，皆是自幼拈针挑绣，一切纹案无不可上手，且花色可素可繁，可奢可俭。绣花是手上的真功夫，是心上的细功夫，须得宁静，须得用心，正如禅坐，无尘，恒静，自在，始得成功。可惜，现世过于繁华和忙乱，"女红"抛荒已久，几乎要被世人遗忘了。

　　沙坪绣娘闻名遐迩，也曾湘绣出过不少精品和大师，可近些年来湘绣却显得有些落寞了，在高档绣品的国际市场上，湘绣仅占百分之五的份额，而苏绣却占有百分之八十，即使在国内，湘绣也只占有百分之三十的市场份额，是苏绣的一半。我们的沙坪湘绣小镇负有传承和弘扬湘绣的重任，需要"栽下梧桐树，引得凤凰来"。

　　拥有十多亿人口的中国是个崇尚美学的国度，人们生活富足，对时尚或传统的辨识始终爱从"审美"开始，而湘绣这般亲民而唯美的艺术，自古以来便是人们的心头好。作为市场，这是一块"大蛋糕"，湘绣的辉煌并非是要抢占苏绣的滩头，而是要向苏绣学习，共同开拓更大的市场。从湘绣小镇的建设，到各类推广活动的开展，政府一直在加大引导与扶持力度。政策是产业发展的定海神针，湘绣的春天隐约地是要回来了。但我们仍要清醒地意识到，科技的进步正在全方位围剿人们的审美，耗费大量工时与心血的绣品已不再是美装美饰的首选，价廉物美的机绣产品能满足浅层次的工艺需求，手工绣精品相对会显得华而不实。或者说，这只是一个有待纠正的潜意识偏差——那些名人明星往往选择了比国内手工绣贵十倍不止的世界名牌，而鲜有人将目光投向民族的、本土的品牌。这其中可能有设计不够引领潮流的原因，有宣传力度不够大、品牌的影响力不够撑起排场的原因，但八成都不是因为"贵"。

若是，这便需要多方面、全方位地策划与深化了。湘绣的发展空间肯定是巨大的，但要重现辉煌，也还有漫长的路要走，需要在绣品的奇、特、新上多下功夫，也需要有强大的资本来投入和支撑。哪一桩成功会是容易的呢？但这块"蛋糕"也超大、超香甜，深具传统美与现代价值，很值得为之奋斗啊。

看我这半日，走走，停停，看看，想想，一心都是欣赏和沉醉，都是思虑和盼望。

于是，沙坪归来，念念是绣……

湘江夜话

公元 1850 年 1 月 3 日，湖南长沙的湘江之畔，一艘远道而来的官船，停靠在朱张渡口。船上站着林则徐，中国近代史上赫赫有名的人物。此刻他肃立船头，在等待一个人的到来。六十五岁的云贵总督林则徐因病卸任返乡，本可以乘船顺着长江转海路回福州，船到洞庭湖却掉头南下，直奔长沙而来。林则徐如此舍近求远，只为见一个人，便是日后著名的洋务运动重臣——左宗棠。

夕阳西下的时候，左宗棠急匆匆赶到湘江边，心情激动，身子一晃，一脚踏入江水中。神交已久但素未谋面的两代人，在一片笑声中打开话匣子，开始了一段关于中国近代海防大格局的彻夜长谈。这段非同寻常的会晤，后世多有称道，史称"湘江夜话"。

左宗棠后来写道："是晚乱流而西，维舟岳麓山下，同贤昆季侍公饮，抗谈今昔。江风吹浪，柁楼竟夕有声，与船窗人语互相响答。曙鼓欲严，始各别去。"

1866 年注定是人类现代化进程中划时代的一年。意大利和奥地利两国在利萨海战中，首次上演装甲舰船之间的大规模海战，宣告海上作战从此由风帆时代跨进蒸汽舰船时代。这一年，英国成功铺设跨越大西洋的电报电缆。人类首次进入洲际通信时代。这一年，瑞典人诺贝尔发明硝酸甘油黄色炸药，其威猛的爆炸力后来多次证明科技进步的确可以改变历史。而在世界的东方，日本国内推翻旧幕府制度的"四境战争"取得胜利，同样受到西方列强侵扰的海上岛国，已经站在明治维新的大门口。也是在这一年，端午节刚过的这天，一封奏折快马加鞭传递进京。奏折的印鉴署名：清朝封疆大吏左宗棠。

1866 年 6 月，《拟购机器雇洋匠试造轮船先陈大概情形折》中曰："窃维东南大利，在水而不在陆，自海上用兵以来，泰西各国火轮兵船直达天津，藩篱竟成虚设，星驰飙举，无足当（挡）之。臣愚以为，欲防海之害而收其利，非整理水师不可；欲整理水师，非设局建造轮船不可。"

这是继林则徐之后，再次由封疆大吏提交的有关设厂造船和建设新式海军的奏折。

二十年前的那一次，道光皇帝在林则徐的奏折上，批了四个大字："一派胡言"。朝廷从上到下，很多人反感反对，甚至给林则徐扣了很多大帽子，认为这是"溃夷夏之防"，就是认为华夏文化和夷狄文化之间，有一道文化防线，你说要学习夷狄造船，那么逐渐中国文化就会被这种所谓的夷狄文化破坏了。所以这个帽子是很大的。

奏折发往京城后的日子，左宗棠如有一块巨石压在心头，朝廷这一次究竟会是怎样的态度呢？十六年前湘江之畔，恩师林则徐关于海上强兵的嘱托，言犹在耳。可惜林大人在那之后仅仅十个月便溘然辞世，空留下一腔遗憾。与二十年前斥责林则徐的道光皇帝相比，1862 年起垂帘听政的慈禧太后，此时多了一分警醒：两次鸦片战争中，海防形同虚设，沿海大门洞开，教训不可谓不深刻。你跟人家打仗的武器没有别人的好，肯定要吃亏，你肯定要学习别人造武器的先进技术。

从今天看来，这是最平常的事情。曾国藩、左宗棠、李鸿章他们感受到洋枪洋炮和外国船只的厉害，所以他们这个时候反过头来想起当年林则徐提出来的"学其优而用之"，想起当年林则徐让魏源编的那部《海国图志》。

从这一时期开始，慈禧支持主张"师夷长技以自强"的恭亲王奕訢等人发起洋务运动，倚重曾国藩、李鸿章、左宗棠等洋务重臣，设制造局，办兵工厂，购买先进的西洋枪炮，并开始操办新式军舰。数千年封建帝国，这时候，终于出现了一道裂缝。著名的晚清"同治中兴"年代，就此来临。

第二次鸦片战争以后，清政府已经意识到，战后需要一支近现代的海军，坚船利炮造成的种种教训，实在是太惨痛了。"庚申之变，创巨痛深"，八国联军一把火把圆明园给烧掉了，清政府开始认识到，要建立一支现代化的海军，但是这不是海权意识的表现。它只是建一支海军，防止外来的侵略，继续关起大门来闭关自守。所以它没有海权意识，建的是海防而不是海权。

听说大清国也想要有自己的新式舰队，刚刚接任大清国海关总税务司的英国人赫德，向恭亲王奕訢建议购买英国军舰，并开列了可以"花小钱办大事"的种种好处，奕訢答应了赫德，那就不妨试试。

1862年，清廷拨款九十二万两白银，购买七艘英国军舰。不料，经办此事的原大清国海关总税务司英国人李泰国，自作主张，擅自雇请英国海军上校阿斯本为这支"英中联合舰队"的司令，并宣称舰队听命于中国皇帝和李泰国本人，六百名水手只用洋人，中国海关还需拨款一千万两白银，作为这支舰队四年的经费。这桩付出巨款反倒受制于人的买卖如此不靠谱，消息传来，朝野上下一片哗然。

把这个舰队奉上来之后，清朝政府觉得这是一个烫手的山芋，根本超出了清政府官员们的想象力。当时的泱泱大国，竟然找不出一个能开动大船的人。面对这个冒烟的蒸汽军舰，只能望舰兴叹。开动它，需要经过系统学习培训的专业人员。所以军舰来了，整个清政府都慌了。英国人也是抓准了这弱项，认为中国肯定不懂这个技术，也没有人管这个，所以英国把军舰上所有岗位都安排了自己人，一个都不落，全部安排好了。

阿斯本舰队事件，是晚清洋务派跌跌撞撞学习西方得到的第一个教训。这样一个关于海军人才的全新课程，曾国藩、李鸿章等洋务重臣们还没来得及想明白，他们只是凭借本能的民族气节，宣称宁愿白白扔掉几百万两银子，也不要这支由洋人操控的舰队。

1863 年 10 月，这支荒唐的舰队在跨洋抵达天津港一个月后，被清政府宣告解散。七艘军舰由阿斯本带回伦敦拍卖。大清国的首次现代海军之梦就此化为了泡影。

当时没有专门的船政、海军、工业，中国处于农业文明状态，恭亲王、曾国藩、李鸿章这一代，也在寻找出路，建设自己的海军。就在发生"阿斯本舰队事件"同一年，也就是 1863 年的 5 月，左宗棠因为组建地方武装清剿太平军连获战功，升任闽浙总督。一直渴望经略海防的左宗棠受命执掌东南门户，历史终于给了这位洋务重臣一个机会。

左宗棠年轻时曾三试不中，但他博览群书，悉心研习历史兵法和疆域地理，对启蒙先驱魏源所著《海国图志》的研读，以及两次鸦片战争后大清国海防现状的剖析，尤为独到缜密。这些都使得左宗棠的脑海中依靠中国人自己的力量掌控海防的意识渐渐明晰：大清帝国非要有自己的新式海军不可，而新建海军非要有自己的造船基地和海军人才不可。

左宗棠到福州的总督府上任以来，每次巡视海防，那略带咸味的南国海风拂在脸上，都让他平添一份信心。福建多山，且山海相连，造船所需要物料一应俱全，百姓大多以海为生，更兼历代传统相袭，明代郑和七下西洋的宝船和南下琉球的"册封舟"大都由福建督造。

作为海上丝绸之路的重要发端地，无数精通南北海路的水手家族，他们的血脉里，千百年都澎湃着大海的声音。在此地筹办大清国的新式海军，可谓天时地利人和俱备。

然而左宗棠心里明白，朝廷三番五次的闭关禁海政策，使得中国这个海洋巨人一直在昏昏沉睡。眼下倘若仅仅依靠自己的力量造船成军，显然是天方夜谭。于是，1866年6月，他写了筹办海军的奏折递上朝廷。

奏折中，左宗棠特别强调，"求实"和"虚心"为当前首要态度。"中国之睿智运于虚，外国之聪明寄于实，中国以义理为本，艺事为末；外国人以艺事为重，义理为轻。""谓我之长，不如外国，导其先，可也。"在奏本中明确提出，借助外国之力走务实之路。

此时的左宗棠对如何建立海军已经胸有蓝图。还是在一年多前，刚刚接过闽浙总督关防大印的左宗棠就为试造蒸汽轮船之事，在杭州向自己的老朋友法国人日意格和德克碑当面讨教过。日意格全名为普罗斯贝儿佩·日意格，1835年出生于法国洛里昂，1856年来到中国淘金，没几年就成了"中国通"，先后任职于宁波、上海、汉口等商埠的税务司。1862年，法国海军协助左宗棠组建中法混合军，在江浙一带与太平军作战。日意格在军中担任帮统要职，与左宗棠互相欣赏。

1864年秋天的这个日子，对于日意格来说意义不凡。从这一天开始后的二十年间，他竟然与中国近代海军结下了不解之缘。日意格在日记里描述他和左宗棠的面谈，说左宗棠待他们极其热情，左宗棠是个朴实的官员，他不傲慢，衙门十分简单，比其他官员衙门简单得多，没有那么多奢侈设施。

这天，杭州西湖秋高气爽。左宗棠命人将一艘自制的蒸汽船展示在他的法国客人眼前。客人看着那艘蒸汽小艇，突突地在西湖上转着圈儿，日意格与德克碑转身对左宗棠称道，蒸汽船"大致不差"。

1864 年 10 月 16 日，日意格在他的日记中写道：左宗棠给我看了一艘中国人自己建造的蒸汽船，还给我看了建造蒸汽船的两件工具，他告诉我，一个六十多岁的中国人用它建造轮船。我回答说，很好总督阁下，这说明中国人非常聪明。

　　日意格接着话锋一转说道，要制造先进的军舰，蒸汽机最是关键，当前必须先从欧洲购买，才可事半功倍。接着二人取出一卷法国造船图册，交给左宗棠过目，表示可以代为监造，以西方传之中土。两人表示左大人若有需要，他们愿意"穿针引线"，帮助接洽法国方面一应事宜。

　　1849 年，法国建造了人类历史上第一艘以蒸汽作为主要动力的舰船，它叫"拿破仑号"。它的主要动力是蒸汽机，但依然在船上保留了风帆作为辅助动力。那么真正去掉这个风帆，以蒸汽机作为唯一动力的，大概应该是在 19 世纪 70 年代以后。法国的造船工艺在当时是最高的。

　　左宗棠心里明白，他的法国朋友要的是真金白银的利益，而他要的则是他们对于造船的那份自豪感和务实态度。

　　1866 年春天，受左宗棠之托，回法国打探购买蒸汽机和寻找教师的德克碑先期返回中国，他将自己与日意格拟议的造船和教学计划告知左宗棠。而此时与英国人商洽教授现代军舰操控和海战教程一事，看起来也有了些眉目。

　　作为海军最强国家的最重要支柱，英国海军在当时世界海军当中是发展最好、速度最快、规模最大，同时也是质量最高的一支海军。

　　有鉴于四年前"阿斯本舰队"的教训，1866 年 6 月，左宗棠在那份重要的奏折中首次陈述了人才培养重于造船的思想："如虑船成以后，中国无人堪作船主、看盘、管车，诸事均须雇请洋人，则定议之初，即先与订明，教习造船即兼教习驾驶，船成，即会随同出洋，周历各海口，将来讲习益精，水师人才固不可胜用矣。"左宗棠还首次提醒朝廷，注意邻国日本的动向："东洋日本始购轮船，拆视仿造未成，近乃遣人赴英吉利，学其文字，究其象数，为仿制轮船张本。不数年后，东洋轮船亦必有成。"

左宗棠早就听说，日本 1861 年就在长崎修建西洋式造船厂，由维新运动先驱坂本龙马参与筹建的神户海军操练所，明确全面接受英式海军教育。

耐人寻味的是，由中国人魏源撰写的主张"师夷长技以制夷"的《海国图志》，1843 年出版后的二十余年在大清国都少有人问津，而1851 年由中国商船带入日本后却大受欢迎，十年间翻印了十五版，书价也涨了三倍。中国人就是不理会这本书。这书本来是林则徐、魏源为国人了解世界创作的书，因为它不仅介绍了武器，还介绍了当时世界上各个洲。当时中国人整个不接受。这本书传到日本，情况不一样了。本来是林则徐、魏源为了启蒙中国人创作的书，无意中启蒙到了日本人，使日本成了一个强国，反过头来侵略中国。

中国沿海历史上饱受倭寇侵扰，日本海军的快速发展引起了左宗棠的警惕。令左宗棠颇感意外的是，请办造船和海军学堂的奏折，连同途中快马传递时间，来回不到二十天，便有了朝廷的回复。

1866 年 7 月，清廷给闽浙总督上谕。其中说"中国自强之道，全在振奋精神，破除耳目近习，讲求利用实际。闽浙总督左宗棠要在闽省择地设厂，购买机器，募雇洋匠，试造火轮船只之事，实乃当今应办实务，其所需经费，可在闽海关税内酌量提用"，着左宗棠速速"拣派妥员，认真讲求"，务必全盘掌握洋人的造船和驾驶技术。

上谕里说，拣派妥员，就是寻找最合适的人组建工作班底。工欲善其事，必先利其器。待办的船政，该是一个自主造船，学习驾驶、测绘、天文等各种西学的大型机构混合体。这在大清国无疑是头一遭。

只有既熟悉西洋科技，又了解中国的人，才能担此重任。

左宗棠想，这个人是谁呢？他眼前再次浮现出西湖试船的场景。他立即给日意格发去快信，请他速来福州商讨合作的具体事宜。

洋务派因为办这些企业的时候，或者办学堂的时候，当时中国完全没有这种人才，都不知道该怎么办，所以他们很大胆，每个人都是聘请了洋教习。

1866年6月19日，三十一岁的日意格生平第一次来到福州。此番从江汉税务司任上应邀南下，他对福州最初的印象，便是这座自唐以来因夏日暑热遍植榕树而得名"榕城"的南方古城，果然处处绿荫如盖。老朋友久别重逢，喝着福州特产的茉莉花茶，话匣子很快打开。两年不见，日意格的夹生中文与老上司的湖南口音仍旧能你来我往地沟通无碍。话题围绕兴办船政，从造船、办学、管理、教师、费用等项目，逐一仔细研议。

双方商定，高薪聘请日意格作为正监督，聘请德克碑作为副监督。双方共同管理洋匠、洋教习，然后，包教包会每个工匠学生，确定五年时间造船舶十六艘，确定三百万两白银的经费。合作的细节一一厘清，最大的悬念却摆上了桌面，根据朝廷的批复，筹办船政的款项应从福建海关关税给付，可是福建海关不可能一下子拿出这么多的银两，钱从何来，巧妇难为无米之炊呀。情急之中，左宗棠想起了一个人，胡广墉，又名胡雪岩，左宗棠的挚友，晚清中国往来于官宦与中外商界的旷世奇才，拥有京、汉、沪、杭等地众多银号和药店、丝栈，后来被世人称作"红顶商人"。

当年左宗棠率领数万楚军，夺回太平军占领的杭州时，曾经的人间天堂，已经断粮半年，民心恐慌。胡雪岩雪中送炭，为左宗棠左大人运来了十万石粮食。左宗棠肝胆回报，奏请胡雪岩任福建候补道。

1866 年，又为胡雪岩奏请二品布政使衔。现在左宗棠十万火急地亲属信函，他专为胡雪岩奏请了"船政提调"的头衔。凭借胡雪岩那超乎常人的筹款能力和办事效率，只要他来福州，船政所缺银两就无须担忧。

从空中俯瞰闽江入海口西部一带，这块山峦环抱的翡翠宝地，自古并非兵家征战所在。唐代以来，便有了一个颇为祥瑞的名字"福州"。闽江穿城而过，东流三十里外，江海汇合处的马尾港，则是台湾海峡南北水路的门户要地，因为这一段闽江中有礁石形似骏马，故而又得名马江。

明朝末年起，矗立在马尾港的罗星塔，就是国际公认的著名航标灯塔。

创办一个中国历史上从未有过的海军基地，地址究竟选在哪儿，真的很重要。

1866 年这个夏天，左宗棠、日意格、胡雪岩为了船政选址，走遍了福州东郊数百里的海港和水湾。海军出身的日意格认为，马尾一带地形最佳，而且在军事上易守难攻，是一个绝佳的海军基地。船政选址，马尾当是首选。马尾是天然良港，它是河口港，跟其他港口都不一样，它的补给条件非常好，是中国三大木材市场之一，历史上都是造船的好地方。从政治方面考量，在闽浙总督的眼皮底下管理也比较方便。

在老友胡雪岩的一再提醒下，从来只知研读经典和执剑打仗的左宗棠，生平第一次学习西方现代契约的观念，仔仔细细与日意格商签了一整套协办船政的经济合约。除了正副监督之外，还聘请了三十六名西洋人，担任船政的教师和技工。根据合约，日意格和德克碑必须是在船政大臣的统筹下，管理受聘洋人。包括日意格在内的所有三十八位洋人教师，聘期为五年。所有受聘洋人不得打骂羞辱中方职员和工匠。

学习归学习，左宗棠要的就是以我为主，权操自我。然而，船政合约的正式签署却不顺利了。秋凉后的一天，法国领事馆的白来尼领事拒绝了日意格，坚决不同意以法国政府的名义为合约作保。领事先生压根儿没觉得，小小福州能办成什么大事，加上也担心此举会引起英国的干预。白来尼最终油盐不进，坚持不以政府方式出面，而只能以第三者的身份证明日意格与德克碑在合约文本上的签字真实可信。

如果得不到法国政府的支持，他们无法进口一些设备到中国，只有有效的法文公文，才能保证一切正常运作。然而这份协议不是由左宗棠签订的，而是胡雪岩签订的，因为胡雪岩是左宗棠的亲信，由他提供资金会更方便。

困扰大清国十年之久的捻军，在中国北方东山再起。在伏击歼灭了僧格林沁的骑兵精锐后，捻军又兵分两路进入山东和陕西，一时间朝廷又觉得麻烦缠身。

1866年10月14日这天，左宗棠突然接到朝廷的加急调令，平定西部捻军暴动。军情如此紧急，而福建船政又万事待举，虽然朝廷已经安排了漕运总督吴棠接任闽浙总督兼管船政，但左宗棠此时的忧虑还不仅仅是临阵换将。保守派、顽固派他们一直在敌视洋务活动。在当时，野蛮的落后思想还占统治地位，那些来自上层社会的非议和阻力，没有相应的声望和地位的人，是无法抵挡的。

1866年10月，左宗棠跟朝廷提出，要在马尾设立一个机构，叫"总理船政事务衙门"，这个级别很高，同时任命船政大臣。船政大臣的权限、级别相当于总督。这样的话，新的总督来了，也不可能压制到船政大臣，抢在新任闽浙总督到任前，就已经单独开列。由谁来执掌总理船政事务衙门呢？左宗棠决定请沈葆桢出山。

三坊七巷，历代都是福州人文荟萃之地。这里多藏有名宦书香世家。官巷，距离林则徐母亲所在的文儒坊不远。

沈葆桢就是林则徐的外甥加女婿。沈葆桢，字幼丹。1847年进士，1861年被两江总督曾国藩提携为江西巡抚，与江苏巡抚李鸿章、浙江巡抚左宗棠被世人称为"三驾马车"，同为曾国藩麾下重要干才。左宗棠对这位名门之后礼敬有加。给他留下最深刻印象的一件事是，清军收复太平天国首都天京后不久，沈葆桢曾在江西九江查办了湘军私下运往湖南的二十多船金银财宝，这些竟然是曾国藩九弟曾国荃洗劫洪秀全天王府私吞的财物。

现在的船政免不了要与钱财以及外国人打交道，沈葆桢如此干练清廉，只有他来接班，左宗棠的心才能稳妥放下。左宗棠万万没想到，沈葆桢竟然拒绝了他。后来街坊民间传说，左宗棠请沈葆桢出山，比当年刘备三顾茅庐还多了一顾。

在船政事务交接的过渡阶段，沈葆桢就是不点头。因为沈葆桢已经有些厌倦官场，对于他来说，船政是个陌生和全新的领域，他担心触动传统，阻力太大，自己也不如左宗棠那样熟悉洋人，担心沟通不畅。最重要的顾虑就是这件事情前无古人，谁也不知道怎么做。沈葆桢自己也明白，他的知识结构跟船政八竿子打不着的，从来没有接触这样的事情，自己也没有在沿海省份干过这样的巡抚，也没有主持过水师的建设，也没有干过海防的事情，更不用说近代的蒸汽造船了。

左宗棠心急如焚，眼看西北赴任的日子越来越近，接班人却没有着落。他万般无奈，只得上奏朝廷。1866年10月，他在上奏《请简派重臣接管轮船局务折》的奏折里写道："可否仰恳皇上天恩，俯念事关至要，局在垂成，温谕沈葆桢勉以大义，特命总理船政，由部颁发关防，凡事涉船政，由其专奏请旨，以防牵制。"

当时，好在朝廷也明白，船政兹事体大，短短的时间上谕就到福州。上谕说：沈葆桢办事素来认真，人亦公正廉明，所有船政事务，即着该前抚总司其事，并准其专折奏事。

事已至此，沈葆桢只得奉旨出山。而此时此刻的他也才刚刚知晓，较之同一时期李鸿章在上海兴办的军工企业江南制造局，自己即将到任的福建船政规格明显要高。上谕不仅写明，钦差大臣全权总理船政，而且钦定"船政"而非"船政局"。可见在朝廷眼里，一个地方造船厂和配套学校、海军训练和军舰调度等，这是多位一体的国家机构。

船政不同于一般的地方机构，而是一个正式的国家机器当中的一部分。在当时来说，这也是破天荒的事情。在当时清政府的官制中，等级是非常严格的，设计是非常清晰的，提拔也是一级一级的。

左宗棠的特使胡雪岩为了与法国政府签上合约，再次造访了法国领事白来尼。这次胡雪岩凭自己的三寸不烂之舌，终于说动了白来尼相信中国皇帝已经全力支持建立庞大船政的计划，中国人这次是认真的。

眼看赴任西北的时间将近，离开福州之前的 12 月 11 日，还有些放心不下的左宗棠，连续向朝廷呈上两个折子，除了建议细化船政章程、派遣洋员回国购器、募匠来闽教习之外，将关于人才为要的观点等完整阐述、和盘托出，福建船政需要设立一所有规模的西式学堂，以便长期系统地培养造船、驾驶等现代海军一应人才，新学堂就取名"求是堂艺局"，一者，取探究自然科学之意；二者，明确学堂乃是务实技艺之用。

左宗棠的海军梦，正是从一所新学堂与一群少年新人开始的。1866 年 12 月 16 日，左宗棠带着一个巨大的寄托，启程离开了福州。西去万里，前路漫漫，"同治中兴"时代的大清重臣，身披帝国的落日余晖，消失在时光的深处。